優雅さとミステリー

つれづれノート㊶

銀色夏生

角川文庫
23142

優雅さとミステリー　つれづれノート㊶

2021年8月1日(日)
〜
2022年1月31日(月)

8月

庭のフェンネルの花

2021年8月1日（日）

雨。

仕事しながら降ったりやんだりする外を見る。どしゃぶりになったり、晴れたりしてる。外に出るとすごい暑さと湿度。畑を見に行って、初めて実をつけたかぼちゃとすいかの下に草を敷く。大事に大事に。

夜遅くなってやっと仕事の目途がつく。寝る前に晩ごはんを残りもので食べる。ご飯に明太子（めんたいこ）、お昼に作ったマカロニサラダと切り干し大根の煮つけ。切り干し大根は畑で採れた大根で自作した。甘味の少ないあまりおいしいとはいえない大根で作った切り干し大根はやはり甘味が少なくおいしくなかった。けど調味料を入れて煮つけたらまあまあに。ただ、最後に実験的にきな粉を入れたのが失敗。お菓子のイメージが強く。

8月2日（月）

いい天気。畑に行って、かぼちゃとすいかを見る。かわいくコロンとしている。位置を整え、また少しだけ草を刈って敷く。上にもパラパラかぶせとく。鳥に見つからないように。

完成した原稿をメールと宅配便で送る。

ホッとして、オリンピックを見たり畑に行ったりブルーベリーを摘んだり。

試しに買ったベスト型の空調服が届いたので、さっそく畑で試着する。

うーん。なんかうまくできない。しゃがむとファンが上にずり上がってきて、立つと位置がずれる。まだ慣れてないからか。

ひさしぶりに畑の野菜を採ってきて夕食を作る。

8月3日（火）

将棋とオリンピック観戦で部屋から離れられない。ずっと見ていてそのまま夜になる。畑を見に行く時間もなかった。野菜を採ってこようと思ったのに。

今、野菜室に野菜がなく、夜は鶏肉をフライパンで炒めたのみ。玄米ご飯と肉だけのごはん。こんなのは初めてかも。

アイスクリームとブルーベリーを一緒に食べるのに凝っている。アイスのカップに1粒いれて、スプーンで薄〜くすくって食べる。1粒、すくう。1粒、すくう。後半は2粒にした。最後は残り全部入れ。

今日見た競技でイライラしたのは、女子のボクシング。すぐ相手の体を抱えて団子になる選手がいてイライラ。それと女子のレスリング。ずっと相手の手をつかんでる選手がいて試合にならない。試合にならないって勝負以前の問題。むむう〜と思いながら見る。

8月4日（水）

昨日寝る時に外を見たら、洗濯物を取り入れるのを忘れている。まあ、いいかと思って寝たら、今朝起きて夜中に雨が降ったことがわかった。地面が濡れてる。しまった！　洗濯物を触ったら湿ってる。

悲しい…。しまえばよかった。しょうがないのでそのまま干しとく。今日もいい天気なので乾くだろう。

野菜がなんにもないので畑に行って採ってくる。オクラ2個、インゲン豆少々。

ふとキャベツの葉っぱが目に入った。高さ15センチぐらいのヒョロヒョロ。虫に食われてる。どうせこれは食べられない。でも、ちょっとだけ味見したい。で、3センチぐらいのを5枚ほど千切る。味だけでもみてみたい。

今日はのんびりできる日。のんびりしよう。

オリンピックを見ていて、海で行われた女子マラソンスイミングの給水シーンに釘付け。各国コーチの持つ5メートルの長い棒の先に水を取りつけていて、それを選手たちがつかみ取って飲んでいる。釣り堀の魚釣りゲームのよう。

畑に行こうと思って着替えてて、外を見たら、雨！

またか！

急いで洗濯物を雨の当たらないところへ移動する。明るかったので気づかなかった。

通り雨のよう。

畑では、終わりかけの野菜やうまく育たなかった野菜を小さく切って畝に撒く。秋撒き野菜の準備だ。太陽がピカーッと顔に当たってる。ジリジリ焼ける。でもやりはじめたらやめられない。

ボロボロの野菜の食べられそうなところを探して料理して食べることに魅力を感じている今、小さくて虫食いでひょろひょろのまるで枯れてるようにみえるであろう野菜のえりすぐりの部分をボウルに集める。

家に帰って、丁寧に洗って、サラダ用、ソテー用、茹でる用に、皿に小分けする。

夕方、ヨッシーさんが前に言ってた岡ワカメの苗を持ってきてくれた。さっきの細かく分けた皿の上の野菜を見て、「すごいですね！　愛情が見えます。これこそが本当の贅沢ですね。高級レストランみたいです」と感心している。

夜、それらを調理して食べる。本当に満足。春菊はトウ立ちしてちょっと苦くなってたけど5センチぐらいのヤングコーンはとても甘くておいしかった。とにかく私は野菜の味ってものを知りたい。その味の、奥の、奥の、核を。

8月5日（木）

今日のほとりで「すべての人がその時にその人の一番したいことを選択している」という話をして、話しながら改めてホントそうだなと思った。

午前中、道の駅に行く。馬場(ばば)さんと売り場を見て、追加するものをメモする。今、セールをしていて、それが終わったら秋からはどうしようか。新しいものを作るには時間がかかる。新商品がないと売り場を通年維持するのは難しいと思う。面積を小さくして定番のポストカードだけをシンプルに置いておくだけでもいいかなあと思う。あるいは商品がたまった時だけの不定期にするとか。

帰りに、白菜の種とジャガイモの種イモを買う。それからブルーベリーと一緒に食べるのにこれが一番合うと私が選んだハーゲンダッツのマカデミアナッツアイスを5カップ。

家に帰ったらサルスベリの木から鳥が3羽バサバサバサと飛んで行った。

うん？ なんか…。気になる感じ。

ハッとして近くのブルーベリーの木を見たら、なんと丸はげに実を食べられてる！

悔しい。確かに満足げな飛び方だったわ。

悔しかったので残りの5本のブルーベリーをすぐチェックする。残りはまだ大丈夫。熟れてない実もまだたくさんある。小粒の実だが。

ひさしぶりに庭の木の剪定。混みあった枝を透かす。枝や葉が重なってるところに落ち葉がたまってる。一生懸命やってやっと2〜3本。1日少しずつ、ゆっくりやろう。


自然農の先生としていつも見ている動画の方が夏野菜のセットを希望者にお分けしますとのことだったので、すぐに申し込んだ。それが今日届いたのでうれしい。作り方を見ていたあれらの野菜を食べられる。10種類入っていた。新鮮で生き生きしている。赤モーウィという沖縄の瓜は初めて。

さっそく、プチトマト、きゅうり、モロヘイヤ、ししとう、水茄子、オクラを夕食に食べる。ニガウリは明日肉詰めにしようか。

私は今、野菜は自分の畑でできるものだけでできるだけやっていこうと思っているので、野菜室はからっぽだった。今日は満杯。丁寧に食べよう。

8月6日（金）

今日は「ほとり」で、一瞬たりとも無駄な時間を過ごすまじ、という話をした。

今、私はひとりで、本当に自分のしたいことのためにすべての時間を使っている。毎日、どの瞬間も選び抜いた今である。たとえ床に寝転んでゴロゴロしていても、それは選び抜いた行動なのだ。そんな研ぎ澄まされた日々を送っていると、ちょっとでも納得できない時間、意味の分からない時間、退屈な時間、を人のために使わされることに敏感になる。昨日、外に出たらそういう時間があったので、それについてなぜそうなったのかをじっと考えてしまった。

もう一瞬たりとも、自分らしくない生き方をしたくない。そうできるような生き方ができるように、そのために常に気を張っている私。

この生き方を突き詰めたい。突き詰めたらどうなるか。それを見たい。見たくてたまらない。

今日は将棋、オリンピック、その他いろいろで忙しかった。印象的だったのは、サッカーの久保(くぼ)の悔し泣き、空手の「形」の気迫、リレーのバトン失敗。

夜はピーマンと茄子の肉詰め。

8月7日（土）

今日もいい天気。

庭の花壇に植えていた綿の苗が、日当たりが悪いせいか3カ月たってもまったく大きくならず10センチ弱のままなので、畑に移植する。

畑にはもう一本の綿の苗がスクスク育っていたけど花が咲く直前にけものか何かに抜き取られてしまった。それを土に埋め戻したら上の方は枯れたけど下の方から小さな葉っぱが出てきた。

ふたつはちょうど同じくらいの大きさなので、隣に植えて様子をみることにする。元気に育てばいいなあ。

8月8日（日）

ズッキーニの花が咲いていた。雄花。最近知ったのだが、ズッキーニは2本以上一緒に植えないと実が育ちにくいのだそう。私は1本だけなので花が咲いても実が育たない。しょうがないので雄花は天ぷらに、雌花は実がしぼまないうちに採ってソテーにしている。そして今日、「簡単天ぷら」も大変なので、「もっと簡単天ぷら」を開発した。それは厳密には、天ぷらではなく衣をつけて焼いたソテー。いつものように花の中にクリームチーズを入れて、ホットケーキの素をといたものにつけて、オリーブオイルをひいたフライパンで焼く。すると天ぷらとほとんど変わらないぐらいおいしくできた。今度からはソテーにしよう。

新体操ってまるで曲芸のよう。チーム戦だとどこを見ればいいのかわからなくて目がウロウロしているまにいいところを見逃す。

夜は閉会式を見る。ふ〜むという感想。

次の開催国フランスのプレゼンテーションが素敵だった。エッフェル塔に飛行機の煙で色濃く鮮やかな国旗のリボン。やはりなあ…と思う。大舞台での見せ方の洗練度が違う。

8月9日（月）

ゴミ捨てに行ったらだれも出してない。

家に帰ってから、今日は振替休日だとわかったので、あわててゴミを取りに行く。

昨日の夜、台風9号が近くを通ったせいで雨と風が強かった。畑は大丈夫だったかなと見に行ったらまあまあ大丈夫だった。

叡王（えいおう）戦の第3局をいろいろしながら見る。

お昼はソーメン。たまに食べるとおいしい。一気にやることがなくなって気が抜けた。

そうだ。スイカの台を作ろう。いつか見たスイカの下に敷いて裏側が黄色くなるのを防ぐ台。発泡スチロールで見よう見まねで作って、スイカの下に敷きに行く。今、直径10センチぐらいに育っている。動物に食べられなければいいけど。

夜。ずっとやりたかったことをついにやる。

それは私の定位置、ハンモック椅子を丸洗いすること。18年、洗ってない。蒸しタオルで拭いたりしたことはあったけど丸洗いは初めて。まず、脚立を使って取り外す。それをお風呂場に持って行って、お風呂に入りながら石けんとたわしでゴシゴシ、泡を立てて洗う。

湯船で足で踏んだりしてゆすいで、終了。満足…。明日は晴れの予報なので、カリカリに乾かしたい。

8月10日（火）

昨日洗ったハンモック椅子を外に干す。

それから郵便局に行く。ここの駐車場はとても狭くて使いにくい。そしてけっこうお客さんが多い。入ろうとした時、出る人がいてゴチャゴチャしていたのでいったんあきらめてまわりを一周して戻る。

お昼は、昨日作った夏野菜カレー。

今日は庭仕事をしよう。最近あまりやってなかった。

剪定や草取りをボチボチやる。草がけっこう繁殖していた。

ブルーベリーの剪定をしたいけど、今の時季、どれくらい強くやっていいのか。あまり強くやっちゃいけないはずなので、それは冬にすることにして先を少しだけ切る。

ハンモック椅子がきれいになってカリカリに乾いたので定位置に設置して、座る。ああ。これこれ。

昨日から、何度もここへ座ろうとして、あ、そうだった、洗濯中、と足を止めた。私にとって、ここに座ってゆらゆらすることが日常の句読点になっている。1時間に1回ぐらいかそれ以上、休憩代わりにここで座って、ひと息つく。

ここに座ると、私を見ている植木鉢の猫が見える。4匹。石の陰からこっちをじっと見ている。私をじっと見る位置に置いたのだ。何度もやり直した。もうちょっと右、ちょっと左か、と。

太陽にカリカリに乾かしたので布の表面がチクチクして痛い。しばらくしたらまた柔らかくなるだろう。

8月11日（水）

雨。

用事があって馬場さんとこへ。ヨッシーさんもいるかなと思ったら、別の場所へ行ってるそう。残念。ちょうど私が帰る時に戻ってきたそうで、帰ったらすぐラインが。「車が車道に曲がるところでした」と。「近々、また庭を見せてください」と返事する。


畑に行ったらズッキーニの雄花が咲いていた。

ああ。咲いてる…。

私の法律で、ズッキーニの花が咲いてたら天ぷらにしなきゃいけないことになっている。ちょっと面倒。

今日はクリームチーズの代わりにピザの上に載せるような溶けるチーズで作ってみた。すると、だんぜんクリームチーズの方が好きだってことがわかった。

ゴーヤを消費すべく、細切りにして豚肉で巻いてソテーする。まあまあだった。

8月12日（木）

雨が降り続いている。

ゴミを出して畑見回り。そして、発見。

ショック。

スイカが割れている。雨で水を吸いすぎて。パカッというか、三菱のロゴマークのような形にパキッ、ピキッと。もうはちきれんばかりがはちきれた！　という感じ。あーあ。残念。少し味見したら、うす甘かった。小さいのがもうひとつあるからそっちがうまくできたらいいけど。


今日は竜王戦三番勝負第1局。永瀬王座と。楽しみ。いつになくじっくり見よう。何か作業しながら見たいなあ。何かないかな。ちょうどいい作業。

私が「ルビー猫」と名づけたキャラクターがいて、その絵を4枚描く。

終わったのが夜の11時半。もう最後は眠かった。藤井くんの勝ち。

夜、すごく雨が降っていた。

8月13日（金）

前線が停滞していて今日も雨。時おり激しく降る。

雨に包まれてとても静かな気持ち。落ち着く。でも場所によっては危険なレベルなのだそう。このへんはどうだろう。

2階の窓から川を見てみる。まだ水面は見えない。ここから見えるぐらいになるとかなり高くなっているということだ。

家の花壇に植えたヤツガシラが大きくならない。しかも葉っぱの色が薄くなってきてる。そういえばその花壇に野菜を植えると枯れてしまうことが多い。土が野菜向きではないのだろう。で、畑に移植しようと思うけど、雨が降りやまない。雨が止んだら移植しよう。

8月14日（土）

今日も雨だがちょっと出かける。ヨッシーさんちに寄って、お菓子のおすそ分け。いつもいろいろいただくので。

ついでに少し…2時間弱、おしゃべりする。コウモリかもしれない生き物が来るので殺虫剤を買ってきた、という。その場所に見に行くと、コンクリートの床にフンのようなものが落ちていた。経過を教えてねとお願いする。

コンクリート張りの庭もまた見る。まるい穴に置かれた植木鉢の草木は元気いっぱい。とてもかわいらしい。

それから今日は温泉へ。白鳥(しらとり)温泉上湯の天然蒸し風呂がいいと聞いたので、車で強雨の山を上がる。着いた。この蒸し風呂は初めて。宿の傘をさして離れの小屋へ向かう。脇を流れる小川に雨がドードーと滝のように流れている。

先客がひとり。入り方がよくわからなくてオドオドしていたら、洗面器に水を入れて、と教えてくれた。1時間ほど入る。雨の音がすごい。

なんとなくじめじめしていて、雨の蒸し風呂はあまり好きじゃないかもと思った。

そこを出て、内湯に移動。

内湯と露天風呂に30分ほど浸かる。

さっきの方もいらして、温泉について話す。他にどこに行かれますか？と。私も知ってるところを教えた。

すごく気持ちよかったと思わないまま、ふらりと買い物して家に帰る。

畑から採ってきた空心菜、オクラ、枝豆、インゲンを使って晩ごはん。

夜は仕事部屋で引っ越し荷物の片づけ。ちょっとずつやって行こう。

8月15日（日）

昨夜もすごい雨だった。

日中も降ったりやんだり。たまに土砂降り。

今日も何もすることがないのでぼんやり、いろいろしてすごす。雑誌をスクラップしたり。
また温泉に行こうかな。近くの。

行ってきました。近くの温泉へ。サウナに3回入って、1時間ちょっといた。まあまあだった。
畑で野菜。レタス少々、オクラ2本、プチトマト1個。

ご飯を食べていたら、視界の端に何かが動いた。見ると子どものヤモリ。家の中で見るのは珍しい。うう。どうしよう。捕まえて外にだそうか。
考えた末、大きなゴミ袋を持ってきて、その中に誘導して、ゴミ袋ごと外に出す。

夜は仕事部屋で棚の整理。モザイクタイルや石けん作りのための道具、カメラ、レコード、CDも整理する。何十年も触ってなかったものもあって、プラスチック部分がボロボロに劣化していたりした。

8月16日（月）

雨はまだ降り続いている。時々強く、時々やんで。

ゴミ捨てに行ったら、かすかにいい匂いがする。近所の家に、たぶんジンジャーリリーだと思う白い花がまとまって咲いていた。傘をさして、しばらくその場にたたずんでもう一度、と匂いを待つ。さっきふわりと漂ってきたのだから。でももう漂ってこなかった。あきらめて、畑へ。

畑に下りずに上からじっと眺めていたら知ってる人が車で通りかかったので挨拶(あいさつ)する。「雨が続きますね〜」と言っていた。そのあと続けて何か言ってたけど雨で聞こえなかった。

去年、きれいな紫陽花(あじさい)をもらったので茎を短く切って挿し木していたらそれが根づいて葉が生き生きとのびている。でもまだ高さ数センチ。その真ん中に紫陽花の花が1個だけ咲いていた。紫陽花のあの丸いのを構成している花の中の1個。こういう咲き方もあるんだなと不思議な気持ちでじっと見る。

今日はずっと雨だったし、今夜から明日(あした)の朝までに大雨が降るという警報が出た。なので夕方、買い物に出て食料を買いだめした。

夜。ハンモック椅子に揺られていたら、窓ガラスの外にヤモリが2匹、ひっついていた。

ううむ。最近、よく見かけるが、これも長雨のせいだろうか。

外だからまあいいかと思い、写真を撮る。

そしたら、今度は家の廊下の壁、天井近くに小さなヤモリが！

どうしよう。昨日はゴミ袋で捕まえたけど、天井近くなので届かない。そのままにしておく。明日、虫取り網を買って来よう。

8月17日（火）

今日も雨。午前中、かなり強く降った。

なので仕事部屋の片づけをする。

途中、物置の工具箱を開けた時、釘（くぎ）やねじがバラバラに入っていて底に埃（ほこり）がたまっているのがわかった。それで今度は工具箱の整理。釘を種類別に分けてねじも整理してそれぞれを小袋に入れる。底もきれいに拭（ふ）いた。ああ、スッキリ。気分がいい。この道具箱を掃除したのなんて10年ぶりぐらいか。いや、初めてかも。

仕事部屋の書類整理の続き。整理するのにちょうどいい入れ物が欲しい。本棚に立てて置けるようなボックス型の書類立てがあったらいいな。ふたつ。

で、雨の中、百均に買い物へ。

整理道具をいろいろ見ていたらちょっと興奮した。いらないものもたくさんあったけど、じっくり見ると便利そうなものがたくさん。思わず、鉄でできたかわいいブックスタンドをふたつ、買いたくなる。でもダメダメ、と首を振って、必要な書類立てを2個。それとヤモリを捕獲するための虫取り網を探す。ないなあ〜とウロウロしていたら、最後に入り口近くにあるのを発見。ちょっと口が小さいけど（直径15センチぐらい）、これしかないのでしょうがない。

うれしく買う。

家に戻ったら、セッセが草刈りをしているのが見えたので話をしに行く。

家づくりでは、水道屋さんが道路を切って水道管をのばす工事をまだしてくれなくて、予定が進まずに困っているそう。のんびりとした水道屋さんみたいだ。雨が降り続いていろいろと大変だと言っていた。

しばらく道路わきで立ち話をしていたら、剪定（せんてい）のノロさんが軽トラで通りかかった。雨で仕事が大変では？　と聞いたら雨の日は休んでるんだって。

ノロさんの軽トラのナンバーは666。前に、「この番号…。希望したんですか？」と聞いたら、偶然なのだそう。「不吉な番号だそうですね。そのあたりから悪いことが次々と起こった気がします…」と言っていた。

家に帰って、虫取り網をすぐとれるようにストーブ脇にセットする。いつでも出てこい！　ヤモリ軍団。

夜遅くまで仕事部屋の机の上のこまごまとした道具、文房具、スクラップ類を片づけ、整理整頓。

寝ようとした頃、机の上に重ねてあったスクラップの上に新しい書類をパサッと置いたら、下から慌てたように手足をバタバタさせて小さなヤモリが逃げて行った。ヨタヨタしててかわいかったが、ここにいたか。虫取り網を取りに行ったけどもうどこかに行ってしまった。虫取り網を近くに置いて寝る。

8月18日（水）

今日も雨。

将棋の王位戦第4局を見ながら、引き続き片づけ。今日は本当なら佐賀県嬉野市の和多屋別荘で行われる予定だったけど、大雨のために急遽関西将棋会館に変更された。それが少し残念だったけどしょうがない。

途中、小雨の中、畑に行ってみた。

インゲン、ピーマン、オクラを採る。片手に載るぐらいの量だけど、これぐらいがちょうどいい。たまに前を通る方が今日も通りかかったので、少し話す。唐辛子が雨で実割れしたと言ったら、晴れたら採って逆さにぶらさげて乾かすといいよと言っていた。そうしよう。もうおおかた真っ赤になっている。

今日の手作りおやつは、さつま芋を細長く切って炒めて砂糖を絡めたものとリンゴチップス。

8月19日（木）

今日は朝から晴れていた。

何週間ぶりだろう。雨が降ってない。太陽の光が射してる。青空が見える。幻のようだ。夢を見ているのかも…と思う。

畑に行ったら草がのびていた。暑い。すごく。まだ慣れない。

いろいろなことを考えながら郵便局に荷物を出しに行く。毎回思うがここの駐車場は狭くてとても駐車しにくい。苦手な駐車場だ。できるなら来たくない。それなのにけっこう頻繁に車が来る。切り返しながらひやひや。

用事を終えて帰る。

いろいろ考える。いろんなことを。
小さな負けじ魂をいくつも重ねてガンバロウ。

王位戦の2日目。
じりじりとした展開。作業しながらチラチラ眺める。藤井王位の勝ち。

今朝は朝ごはんを作りたくなかったのでリンゴチップスとチョコレートだけの朝食にした。お昼は空心菜と豚肉の炒め。いいかげんに作ったのであまりおいしくなかった。料理は気を入れないとこうなる。夜は親子どんぶり。こっちはまあまあ。

8月20日（金）

また雨に戻ってる。シトシト。
今日は車の1カ月点検の日。のびのびになっていて2カ月以上が過ぎてしまった。
遠いので行くのがおっくうで。
トコトコと車を走らせて40分。着いた。そこで40分ぐらい本を読んで待つ。洗車もしてくれるけど、雨だし、まだ汚れてないので断った。

遠くまで行くついでに何かお楽しみを、といろいろ計画を立てた。まず、いつもの炭酸温泉へ。ゆっくり入ろう。

雨のせいか、コロナのせいか、人が少ない。途中たったひとりの時間があり、ぬるい露天風呂に寝ながらボーッと浮かぶ。かなりリラックスできた。

2時間半入って、いつものように炭酸で炊いた緑色のおにぎりを2個買う。それからその近くに灰色のおうどんを買いに行ったら、「玉ねぎの皮の粉」というのがあったので買う。なんかよさそうなことが書いてあったので試しに。

次にひとつめのケーキ屋さん。須木栗のテリーヌというのを目当てに行ったけどまだそれはなかった。代わりにショートケーキと筒状のパイ菓子を買う。

そして道に迷いながら魚市場へ。ここではお刺身やお肉など。それからふたつめのケーキ屋さん。ここではケーキ5個、焼き菓子を1個買う。味見に。

家に帰ってホッとする。

ふう。

さっそくおにぎりを食べて、ケーキを1個食べる。シャインマスカットの。

今日は久しぶりに遠出したので疲れた。いい疲れだ。また温泉に行こう。近くにいい温泉を開拓したいなあ。内湯、露天風呂、水風呂、サウナの4つがそろってる温泉が近くにあればいいのになあ。ないなあ。

畑チェック。

そうだ。唐辛子が赤くなって割れ始めていたから、もう枝ごと刈り取ろう。

となりの変わった形の唐辛子はずいぶん下に落ちてしまった。早く採ればよかったか。かわいい、玉ねぎみたいな、蕪(かぶ)みたいな形の。

8月21日（土）

今日から仕事をしなければ。

でもその前に、ひさしぶりに晴れたので畑の整理をしよう。

草を刈ったり、終わりかけの夏野菜を細かく切って畝の上に敷く。さつま芋のまわりの草も刈る。蒸し暑い。

ところどころにあった小さな野菜を収穫した。ピーマン、ナス、オクラ、人参、花が咲きそうな小さな春菊。大きくならなかったキャベツも味を見てみよう。

今夜のおかずだ。

午後。まったく仕事する気にならず、ダラダラ過ごす。家の中もとても蒸し暑い。

ふとスマホの画面を見たら、スーッと横にひとすじ細い線が見える。角度によっては見えなくなる、あるかないかの細い線。汚れかなと思ったけど、何度拭いても消えない。

もしや。

爪の先でゆっくりその上をなぞる。やはり。ごく微妙な段差ができている。画面が割れているのだ。透明な保護シートのその下で。ちょっとショック。でもあまり目立たないから、まあいいか。

結局夕方までダラダラしていた。

8月22日（日）

今日は日曜日。

朝の9時。畑を見に行く。そして倒れていたトマトを立てる。最近知った垂直仕立てだ。小さい方のスイカも割れていた。やっぱりね。もう驚かない。淡々と切る。

9時半から将棋の対局を見なきゃ、と急いで帰って見たらもう始まっていた。8時半からだったみたい。

昼ごろ、ぼんやりハンモック椅子に揺られていたら、いきなりすごい雨。洗濯もの！

人は最高に急ぐとこんふうになるんだと思った。ドタドタドタと、わき目も振らず、人目も気にせず、重心を低くした前傾姿勢で洗濯物干し場にダッシュした私。雨が当たらないところに移動する。

ハアハア。


将棋が終わり、仕事も進まず。

宅配便のパッキングを汗みずくで作る。

私が絵付けをしたお皿が届いた！　4枚。素朴な絵だけど、とてもかわいい。うれしくて今日採ってきた野菜をのせて写真を撮る。

これからいろいろな料理に使いたい。大事に。

8月23日（月）

今日こそ仕事を進めなくてはならない。明日からまた将棋があるから。でもなかなかやる気にならない。午後4時にやっとやる気になった。つれづれノート40の原稿チェックとイラストのレイアウト。始めて、ふと気づいた。たしかここのイラストを描いたはず。いちごのケーキの。なのに、ない。おかしいなあ。

あれ、ここも。かなり力作のイラストを描いたはず。防衛大学校の卒業式の帽子が空中で舞っている写真。ニュース記事のその写真があまりにも素晴らしくて、丁寧にイラストにしたのに。1ページ大の大きなのを夢中になって描いたのに。たくさんの大小の帽子が空中に浮かんでて、駆け出す防衛大学生のストップモーション。

うーん。2月から3月に描いたはずのイラストが1枚もない。

引っ越しで紛れたか、捨ててしまったのか。

仕事部屋の机まわりや本立てを探してみたけど、ない。何度も探す。コピー機をずらして下まで探した。それでもない。

ああ、悔しい。

ああ、悲しい。

なくしてしまったんだ。

残念！

気を取り直して仕事を進める。今回は引っ越しだったからしょうがない。あんなに大量の荷物を移動したのだから。これからはこういうことはないだろう。いつか、ひょんなところから出てきたりしてね。

8月24日（火）

昨日の夜も今日の朝も、イラストを探した。やはりなかった。あきらめきれない。でもあきらめよう。これも何かの運命と思おう。仕事を進めなくては。

将棋を観戦しながら、少しずつ進める。

うーん。あまり進まなかった。明日がんばろう。

8月25日（水）

将棋を見ながら仕事。コツコツ進める。そして午後、終わった。将棋も終わった。ホッと安心。

バンザーイと思ったけど、急に気が抜けた。終わったらいろいろやろうと思ってたけど何だったかな。

ひとまず夕方、畑に行って草刈り。

セッセが日課のジョギングをしながら通りかかったので少し話す。「半導体がなくて車の生産が遅れている。テレビや冷蔵庫などの電化製品にも影響が出ているらしい」と心配顔。冷蔵庫などを買う予定があるのだそう。

これから世界はどうなるのだろうねえと言って話をしめる。

温泉に行こうかと思ったけど、やることがいくつか急に出てきて、今日はやめた。

8月26日（木）

なんとなく曇り空。

今日から自由。そうなると不思議なもので、何もしたくなくなる。やりたいこと、やらなければいけないことがたくさんあった気がするのに。

畑に種を植えなければ…。庭の手入れもしていない。木の剪定（せんてい）もやりたい。

とりあえず、今日はのんびりしよう。


昼前になってようやく活動開始。

まず畑に行って草刈り。これから種をまく野菜のために畝を整える。カボチャが2個、無事に育ってる。

つる菜の葉を採って、お浸しにしよう。インゲン豆もいくつか。

午後からは庭仕事。ずいぶん手入れしていなかった。端っこから草を取っていく。2時間かけて十数メートル。今日のところはここまでにしよう。毎日、少しずつやって行こう。

夕方、温泉へ。今日は黒いモール泉の鶴丸温泉。入り口で手作りの黒糖入り蒸しパンを売っていたので、蒸しパンはそれほど好きじゃないけど興味をひかれて一つ買った。１３０円。素朴な味がしそう。

露天風呂に行ったら誰もいなかった。まわりの緑を見ながらしばらく浸かる。この温泉は歴史が古い。露天風呂の屋根はそれほど古くはないと思うけど、柱の下の方が腐っている。いつかこれが倒れるかもなあ…と思いながら眺める。4本ある柱の付け根のそれぞれ4分の1か3分の1の面積分が腐食してなくなっているように見える。だんだん退屈になったので15分ほどで出る。

私の車の下で猫が昼寝してた。のん気にかわいく。

道に出てから気になってさっきの猫を見たら、草むらに座ってこっちを見ている。いい感じだったので写真を撮る。かっこいい顔をした猫だった。

8月27日（金）

自由な日。

とても暑い。洗濯物が乾きそうなので、大物を入れて2回まわす。

畑仕事は大根と人参の種まき。庭仕事は草取り。

ああ、暑い。

庭の植木鉢に、食べたあとのスナックパインの葉を置いていたら、なんと！　根づいて新芽が出ている。これはうれしい。冬は家の中に入れて育てよう。

お昼、台所のブラインドを開けたら、何かが落ちてきた。乾燥したヤモリだった。干物みたいになってる…。ほうきで外に掃きだす。

スマホの画面のあの1本の細い線。割れていることを発見したが、今日見たら、さらに線が増えていた。Tの字になっている。おお。もっと増えたらどうしよう。

夕方、温泉へ。ジャングル温泉と昔呼んでいたところ。サウナに入ったら、寝ころんで両手両足を上に向けてバタバタしている人がいた。ひとり。その人としばらく話す。なんだか話しやすい人だった。なぜか落ち着いて、言葉が自然に出てきた。

今日の温泉は気持ちよかった。温泉に入ったあと気持ちよく感じる時とそうでもない時がある。その日のコンディションによるのか、気分によるのか。

8月28日（土）

今日もいい天気。

今日はじゃがいもを植える予定だけど、畑に行く気にならず、のんびり本を読む。その中に「とにかくのん気でマイペースな吉田さん」という文があり、それを読んだとたん、急にやる気が出て、スックと立ち上がる。私も、のん気でマイペースに生きたい！　と強く思ったのだ。

で、種イモやクワなどを持っていそいそと畑へ。

炎天下なので今日は空調ベストを着てきた。一度使った。あの時は効果がよくわからなかったけど、今日は風がよく吹くなあと感じた。その風は外の風ではなく空調ベストを着ていたせいかも。なので長く作業ができた。

カボチャの大きい方を、よく日が当たるようにと動かしていたら、付け根のつるがボキリと折れてしまった。おお。でもよくみると木質化しているからもう収穫の時期かも。そしてもっとよく見たら実の一部分が柔らかくなっている。腐っているのだろうか…。切ってみよう。そこだけよけたら食べられそう。

じゃがいもを植え終えて、家に戻り、お昼の焼きそばを作る。

午後は育苗のためのセルトレイをホームセンターに買いに行く。ついでに最近興味のある野菜の垂直仕立てのための道具、水道管の凍結防止カバーを買った。

今日は疲れて、夕方からウトウト。外で体を動かしてぐったりと疲れるのはうれしい。体にいい食べ物を食べたような気分になる。

最近、ヤモリを家の中でよく見かけるので捕虫網を買ってきたと書いた。見つけたらこれで捕らえて外に出そうと。

すると夜、台所で「これから寝ようか、それとも映画を見ながらおやつを食べようか」と考え、おやつのためのお茶を沸かしている時、ふと棚を見上げたらお茶碗のところで何かが動いた。

ヤモリだ！　小さい！

さっそく捕虫網をかぶせる。パサッ。

でもそこからが難しい。蝶やトンボなら飛ぶからすぐに網の中に入るけど、ヤモリは壁にペタリとくっついてるから網をずらすとヤモリも同じだけ壁を動き、いつまでたっても網の方に入らない。じりじりとした時間だけが過ぎる。

ついには窓枠のところですき間に消えて行った。

捕虫網では捕まえられないわ。

8月29日（日）

晴天。暑い。しばらく晴れが続いてる。

この条件が整えば、1年に一度の高圧洗浄の日だ！

重い高圧洗浄機を物置小屋からゴロゴロと引っ張り出す。

そして、カビや苔(こけ)で真っ黒になっている門から続く斜面を洗浄する。コツをつかむまでは慣れないが、いったんやり方を思い出すと、あとはコツコツ規則的に腕を動かすのみ。

排水溝も掃除する。長くやっていなかったので落ち葉がいっぱい。底の方は黒い腐葉土になっていてミミズもたくさん。ひゃあ〜と思いながらも、いい土なので集めて畑の端っこに持っていくことにした。ミミズを見ないようにして土を集める。

お昼休憩をして、午後からはガレージの中と入り口を洗う。掃除しづらいレールのすき間や手が届かない隅っこに高圧の水をシャーッとかけるのは爽快(そうかい)。

3時ごろまでかかった。きれいにすると気分がいい。始めるまではおっくうだけど、この爽快感は癖になる。この勢いで他の場所もいろいろ掃除したいけど気分というのはあっというまに消えるからなあ。

4時。温泉へ。またジャングル温泉。日曜日だからいつもより人が多い。サウナ、水風呂、熱い温泉をクルクル回る。1時間ほどいたら満足した。堤防の下を走る帰りの車の中で、目の前の広く青い空を眺めながら思った。今、何も焦ることがない。困ることもない。とてもぼんやりしている。平和だ。温泉に入ったからかな。

きっとそうだ。

ものすごく心が穏やかで、なんともいえず、ポカンとしてる。

心になんにもなく、ただ広がってる。

いい気持ち。

8月30日（月）

今日は将棋観戦の日。

あいまに見たニュースで、庭に富士山を作った人と姫路城を作った人が紹介されていた。どちらも長い年月をかけて。どちらの奥さんも夫を応援していた。すごいなあと見入る。

YouTube の動画でまたおもしろいのを発見。社会のニュースを小難しく語り諭す青年。見ているとちょっとムカムカするが、そのムカムカする気分を味わいながら、忍耐力をつける訓練と、嫌だと思う人の意見の中のいいところを認めるという練習をする。

今日、畑から採ってきたもの。オクラ2本、枝豆少々、インゲン豆少々、スイートバジルたくさん。

枝豆をミニフライパンで茹(ゆ)でていて、うっかり目を離したら空焚(からだ)きになっていた。しまった！ テフロン加工のフライパンは空焚き厳禁。シンクに置いたらジュージュッと煙が。でも枝豆はおいしかった。

カゴいっぱいのスイートバジル。320グラムと大量。それでバジルソースを作ることにした。いくつかの材料をミキサーに入れたら途中からミキサーの刃が回らなくなった。開けて見ると、ねっとりとやわらかい粘土みたいになってる。オリーブオイルを足したりしていろいろやってみたけどどうしてもうまくできずに途中であきらめる。それまでにできた分を瓶に詰めて冷凍。のこりの葉っぱも袋に入れて冷凍した。

バジルソースはいつもうまくできない。

夜。さっき作ったバジルソースでスパゲティを作った。バジルソースは粘土のようだったが、けっこうおいしい。いろいろな料理にちょこちょこ使えそう（案外使わなかった）。

8月31日（火）

8月最後の日だ。とても暑い。

今日はガレージの道具類を整理した。まず、埃をかぶったスポーツ用品やノコギリや庭の道具を日の当たる外に出す。そこで、洗えるものはザーッと水をかけて洗う。それ以外は濡れタオルで拭く。

しばらく日光消毒。

そのあいだに畑を見る。今日も枝豆とインゲン豆を少々。草を整理してから戻って、道具類をしまう。刃物類に日が当たってものすごく熱くなっていた。あちちっ！　と、やけどしそうなほどだった。

秋撒き野菜の種を追加で買いに行く。気になる野菜は少しでも作ってみたい。

帰りに温泉へ。時間があるからといって長くダラダラ入るのはやめよう。約1時間で最大限の効果を得る入り方、というのをこれから考えたい。

今日は人が少なかった。後半はずっとひとり。まあまあぼんやりとなったので出る。

女風呂から出たら待合室の自動販売機の飲み物を業者の方が取り換えていた。

玄関から外に出たところ、そこに並んだ花の鉢の枯れたアガパンサスに種がたくさんついていたので2個ほどもらっていたら、だれかに声をかけられた。

さっきの業者の方。あ、以前、家に牛乳を配達してもらってた牛乳屋さんだ。

「こんにちは～」と言って近況を立ち話。コロナのことなど。

「私は一軒一軒の家に配達する仕事なのでコロナにかかったらもう廃業ですよ」と心配そうにおっしゃる。

「うつらないように気をつけましょうね」と励まして別れる。

家に帰って、畑の人参に水をかけ、洗濯物を取り込んでいたら前のイチジクが目に入り、近づいて見てたらひとつ熟れてるのを発見。

あとで食べよう。

今日は暑かった。明日(あした)から9月。いい9月になりますように。

畑でサクとさつま芋掘り

9月1日（水）

人参の種をもう一種類、畑に蒔いた。「あま〜いニンジン　紅かおり」というの。先週蒔いた人参の芽はまだ出ていない。大根の芽は出てる。

歯科医院に歯のクリーニングの予約電話をかける。ヨッシーさんに教えてもらった初めての歯医者さん。そこは歯のことに関して熱心でとても厳しいのだそう。「歯磨きをしない人は来ないでください」と断られた人もいたとか。そういうところを求めていた私。

で、電話したら女性の方が出て、初診だと1カ月以上先になるということ、そして4カ月ごとに定期健診に来ること、時間厳守、ですがよろしいですか？　と聞かれる。ヨッシーさんに聞いてだいたい分かっていたので、「はい」と答える。

来月、行くことになった。先生の治療開始が12時で、11時半に治療の前のレントゲン撮影など、その前に問診票の書き入れがあるので、11時に来てください、と言われる。治療の1時間前とは確かに慎重だ。楽しみ。

午後、電話で仕事。庭の本の打ち合わせ。

それから温泉へ。サウナに入ったらこのあいだ話した落ち着いた女性がいたので少し話す。いつも頭に黒に白の水玉のタオルを巻いているのでその人だとわかった。そこにひとり、女性の方が入ってらした。

しばらくして水玉さんと女性が外の水風呂へ。

私も出たら、風呂場がなんだか緊迫した様子。聞くと、その女性の方が水風呂の前でつるっと滑ってうつぶせに転んで、腕やあちこちをぶつけたのだそう。洗面器に入れた水でひじを冷やしてらっしゃる。とても痛そう。

石けんを体中につけて洗ってたおばあさんが心配そうに立ちつくして、何か声をかけている。

女性が脱衣所に戻り、私と水玉さんはふたたびサウナへ。

「前にも女の子がつるって転んでたわ。温泉の人に言ったんだけどね」と水玉さん。

よく滑る石があるのだそう。石を輪切りにして貼ってある床。

「お風呂スベラーズみたいな滑り止めを貼ったらいいかもしれませんね」と私。

「大きくバッテンを書いとけばいいのよ」

「勝手に書いといたりしてね」ペンキでかな…。

「しかも裸だから」

「無防備ですよね」

いろいろ語り合う。

帰りがけ、受付にいた男性に一応話す。いつもの受付の女性がいなかったのでいまいち反応が薄かった。


畑の人参の種に水を撒き、晩ごはん用に野菜を収穫する。

オクラ1本、インゲン豆5本、ズッキーニの雌花、極小レタス数枚、ミニミニトマト1個。かわいい唐辛子ピーマン1個。これだけあれば十分だ。

9月2日（木）

早朝。落ち葉や剪定枝（せんてい）を置いている場所に庭の草を捨てに行く。すると、落ち葉の中から白い花が見える。なんだろう？

よく見ると、ニラの花に似ている。葉っぱを触るとニラの匂い。これはニラだろうか。だったらここではなく畑に移植したい。

移植ごてを持ってきて掘り起こした。その時に葉が数本ちぎれた。もったいないので食べよう、と拾い集める。

畑のすみに移植した。家に帰って、ニラの花の画像をチェックする。間違ってたらいけないから。ニラだった。

将棋、棋王戦観戦。

今日は曇りがち。晴れたり曇ったりの天気で、洗濯物を日の当たるところに出したり引っ込めたり忙しい。

そんなことをしていたら洗濯物干し場の近くのイチジクの木が目に入る。このあいだ1個食べた。近づいて見たら、4、5個、また赤くなってる。もうすぐ熟しそう。アリがこないうちに袋をかぶせたい。白い薄紙の袋があったので実にかぶせて、マスキングテープで止める。終わって、後ろからみると実が飛び出てた。うーん。うまくできない。まあ、いいか。

ラインスタンプのデカ文字を作ってほしいというリクエストを受けた。確かに、小さい字が多いな…と思い、スケッチブックを取り出して、大きい文字のスタンプを考える。

足の爪を切る。プチプチと切っていたら、親指の側面が硬くなってるのに気づく。ここを爪やすりみたいなのでこすりたい…。そういえば昨日、やすりみたいなのを捨てたっけ。使わないからって。たぶんやすりだった。あれを取り返してこよう。

ガレージに置いた、燃えないゴミ袋のなかをゴソゴソ探す。

あったあった。小さなやすり。

家に戻ってよく見ると、ドギーマンと書いてある。犬用か。でも足の硬いところをスリスリしたらいい感じにつるつるになってうれしい。

デカ文字スタンプ、考え中。

おはようございます、ありがとうございます、了解しました、よろしくお願いします、お疲れさまでした、大丈夫です、承知しました…。

大人の、日常で使える、丁寧な、大きい文字のスタンプ。文字に、小さく何かを加えよう。植物、花、鳥、魚、猫、柴犬などかな…。

最近、柴犬の動画を見るのにはまっていた。すぐお腹を見せる柴犬。あまりにもお腹お腹をするので、かわいくてムカムカする。お腹お腹、なでてなでて。ムカムカ、ムカムカ。かわいすぎるので、もう見るのをやめたい。


ニラをソテーして、焼きじゃけに添えて食べる。ほんの少量だったけどおいしかった。少量なものほどよく味わうのでおいしく感じる。

9月3日（金）

今日は、畑の作業、庭のトキワマンサクの剪定、午後からはデスクワーク。会計などの事務仕事。気だるく作業をしていたら、テレビで速報。菅首相が総裁選に出馬しないという。ワイドショーの司会者たちも興奮気味にあわてている。あわてる人々の様子を見て私も急にシャキーン！　とやる気が出る。

夕方、温泉へ。

いつものように温泉、サウナ、水風呂を繰り返す。脱衣所に水玉さんがいて、「おととい、あれから救急車が来たの」と教えてくれた。温泉の人が呼んだのだそう。屈強な男性3名がやってきたけどそれほどでもないのになあ…と思ったという。「流れで最後まで見届けたのよ。おかげで蚊に刺されたわ」と。

家に帰ったらヨッシーさんから、「今日りんご園に行ったので玄関前に少し置いときました」とラインがきた。急いで見に行ったら、袋に入ったりんごが2個。うれしい。

夜は焼きそばを作る。おいしい作り方を見つけたので。でも少し失敗。味が濃すぎた。食後にさっきのりんごを食べる。やさしい甘さ。

今度、私もりんご園に行って買ってこよう。そこのりんごジュースも買いたい。生駒高原りんご園といって、えびの高原からすこし下ったところにあり、りんご狩りができる。ずっと前に子どもたちとりんご狩りに行った記憶があるなあ。

9月4日（土）

今日も朝から畑、庭と作業して、汗だくになってシャワー、そしてお昼ご飯。

午後は何もする気がなくてダラダラ。これではいけない！　と意を決して買い物へ。

ホームセンターに青い大根の種を買いに行く。

あった、あった。

それからついでにスーパーへ。なんとなくぶらぶら歩いて栗、柿、玉こんにゃく、納豆、お刺身を買う。栗と柿は今年初。

家に帰って栗を袋から取り出したら、一部カビてた。なんと。どういうこと？

水で洗った。


夕方、温泉へ。

水玉さんがサウナにいた。

「今日は燃えてる」と言う。

「暑いということですか？」

「うん」

「今日、そんなに暑かったかな…」と考えていたら、サウナが熱いということだった。

ポツポツ話す。

水玉さんも朝、仕事がない日は汗だくになって草むしりなんかして、3時間ぐらいで上がってシャワーを浴びて、ビールをガーッと飲んで、午後はダラダラ。夕飯のつまみを作ってから、温泉に来てサウナに入って、帰ったらつまみを食べながらまた飲むのだそう。

そのルーティーンがしっかり決まっていて、そうできない時は落ち着かず、遊びに出ても温泉の時間だからと途中で帰って来る、って。

「幸せじゃないですか」と思わず声が出る。

でも基本的な流れは私も似てるわ…。

「ここは田舎だけど、温泉もあるしいいところですよね」と水玉さん。

「うーん。私はここに慣れすぎて、いいか悪いかもわからないです」

「都会から帰って来て田舎は何がいちばん違う？」

「うーん。それも…。都会と田舎を行ったり来たりが長すぎて、都会にいる時は都会、田舎にいる時は田舎、って切り替えてるから比べることができないんです」

家に帰って、夕食は畑で採れたかぼちゃの煮もの、タコのお刺身、湯豆腐。

今、家には果物がたくさん。栗、柿、りんご、庭で生(な)ったいちじく、終わりかけのブルーベリー。

9月5日（日）

畑と庭仕事。

昨日、里芋の葉っぱをかじっていた大きな黒いアゲハチョウの芋虫を草むらに引っ越してもらったのだが、今日、草刈りをしていたら黒い芋虫が横になっていた。あら。昨日のかしら…。申し訳ないことをした…と思い、草を特別にいっぱい上にかぶせる。

畑の作業はあまりないので、オクラ1本とシソを摘んで帰る。

庭では、茂りすぎたシダや雑草を刈り取る。

昼ごはん。暑いと作るのが面倒くさい。

昨日買ったタコのお刺身がくにくにして噛み切れなかったのでサッとタコしゃぶにしたら、それでもまだ噛み切れず、食べるのをあきらめる。

午前中、草刈りしていて考えたこと。

ずっと嫌いだった、ずっと恨んでいた人について。実はその人に助けられていたってこともある。それに気づいていないだけで。

どうしてそう思ったかと言うと、逆のことがたまにあると思ったから。誰かが私を嫌っていたとして、でも私はその人を助けていたんだがなあと。そのことをその人は気づいていなかったけど。

別にすべてを伝えることもなく過ぎていく関係もある。いや、ほとんどがそうだ。自分が知っていることは、起こった出来事のほんの少しの部分だけなのだ。そう思って生きていかなくては。

子どもの頃、「分を知れ」という言葉をよく聞いた。小さい男の子も使っていた。大人が使うから子どもも自然と使うようになる。

分を知る。分をわきまえる。意味は、自分の身の程を知って、出すぎたまねをしない、自分を過大評価しない、ということ。

その言葉を聞くたびに、子どもながらもいったん、ぐっと考え込まされた。「分を知る」って、鏡に映った自分の顔をじーっと見るようなことだと思う。自分の真顔を見ていると、無謀な夢も、思い上がった感情も苛立ち（いらだ）も、スーッと醒（さ）めていく気がする。分をわきまえると、心が落ち着く。

栗をどうしよう。茹（ゆ）で栗にしようか。でも茹で栗もたくさんあると案外飽きる。

栗の渋皮煮ってどうやるんだろう。たまに瓶詰の栗の渋皮煮を買ったりする。高いよね。調べたら作り方が分かったので挑戦してみることにした。カビのことが少々心配ではあるが。品質は大丈夫かな。新鮮なのかな。

栗を軽く茹でてから、硬い皮をコッコッむく。「その時に渋皮を決して破らないように」と厳しいことが書いてある。でもところどころ破けてしまった。2個、黒く腐ってる栗があったので除く。他のは大丈夫かな…。

茹でこぼしながら4回ほどお湯を替えて煮て、アクが抜けたところで、渋皮の茶色いスジを丁寧に取り除く。その作業はパラリンピックの閉会式を見ながらやった。これもコツコツとした作業。

それからキビ砂糖を入れて煮込む。そのまま煮含ませて、明日(あした)味見しよう。

9月6日（月）

畑に行って、収穫する。ナス1個。今までで一番大きい。インゲン豆、枝豆。ルッコラ。それから畑全体を見下ろせる場所に立ってぼーっと畑を眺める。これからの計画。来年はこうしよう…など、ずーっと考えていても飽きない。

次に庭の木の剪定(せんてい)。西洋ニンジンボクがボサボサに徒長していたので、高く伸びた枝を切ってどうにか整える。

汗だくになって作業を終えた。シャワーを浴びて、冷たいお茶を飲む。

あ、そうだ。渋皮煮、食べてみよう。

うん。けっこうおいしい。中もきれい。

でももう少し煮た方がいいかな。おいしくできそうなのでうれしい。食べきれないのは瓶詰にして保存しようかな。


午後。急に雨が降ってきて驚く。

夕方に温泉に行って、しばしリセットタイム。

9月7日（火）

昨日の栗をもう少し煮つめたらおいしくなった。小さなガラスの瓶3個に小分けして保存する。最初のひと瓶は数日で食べ切ろう。

今日も、畑と庭の作業。

畑では早生（わせ）の玉ねぎの種を植えた。

庭では落ち葉拾いと茂りまくってるシダなどを刈り取る。夏の終わりに一度、なにもかもをザクザク刈り取るとスッキリする。風が通る感じ。

午後は何となく過ごし、夕方、日課の温泉へ。サウナと水風呂(ぶろ)に交互に入って、だんだんぼんやりしてくる。
このぼんやり感がいい。

そういえば、今朝の畑で、里芋の茎にまた黒いアゲハチョウの大きな幼虫がいたので、ビクビクしながら持っていた道具にのせて近くの草むらに移動させた。芋虫が苦手なのだ。隣の里芋には緑色のやはり大きなアゲハチョウの幼虫がいた。それも草むらに移動する。

そのことをあとで考えたんだけど、その幼虫たちがそこで里芋の葉っぱをかじったからといって里芋の出来にそう変わりはないはず。里芋の葉はとても大きいんだし。だったら別に少しぐらい葉っぱをかじってもいいんじゃないか。そうだよ。別にいいんだ。もうこれからは苦手な移動はしないことにしよう。

夜。寝るために廊下を移動していたら小さなヤモリを見かけた。これももういいや。

9月8日（水）

朝から雨が降っている。なので畑と庭作業はお休み。
やんできたので道の駅へ。

ヘチマを見つけた。おいしいと聞いたので買ってみよう。小さいのが50円。

午後は家でゴロゴロ。

夕方、温泉へ。

サウナで水玉さんと話す。寝ころんで目をつぶりながら。

いつも晩ごはんの下準備をしてここに来ると聞いていたので、「今日は何を準備したんですか？」と聞いたら、「帆立が3個入りで売ってたので焼こうと思って」と言う。

「その帆立って、殻付きですか？」私は細かいディテールを妙に聞きたくなる時がある。

「殻付き」

「…ひもも食べるの？」

「うん。3つに切って」

「ふう…ん」

「バターで焼いて」

「…醤油はかける？」

「食べる時に」

などとポツポツ。パンツとブラジャーの話もポツポツ。痛くない、締めつけないのがいいよね、と。

安らかな気分で帰宅。

今日はメルカリの値段付けに失敗が一つあって気分がふさいでいたけど、それも気にならなくなった。

野菜室を開けたら、鮮やかさに目を見張った。今日買ってきた野菜と果物がきれい。プチトマト、赤く熟れたピーマン、ぶどう…。

ほとりでは「美しき自然消滅」について話す。

9月9日（木）

朝からいい天気。

種まき日和だ。

準備して、畑へ。

畝を細かく区切って、およそ30センチ四方にひと種類、蒔いていく。ゆっくり丁寧にやっていたら、けっこう楽しかった。今日全部終わらせなくてもいいと思えば焦る気持ちも起きない。

座り込んで丁寧な作業をしていたら、枯草のすき間から黒いアゲハチョウの幼虫が出てきた。こんなところに…。

もう幼虫を移動させないと決めたので、放っとく。動くスピードが速くて驚く。こっちに近づいてくる。枯草の先でちょっと触ってみようかな。

チョンと軽く触ったら、いきなり静止して固まってる。すごい。わかるんだ。異物だと。しばらくしたら固まりを解いて動き出した。バイバイ。元気で。

朝から午後1時までかかって、20種類、蒔いた。残りは明日。


ゆっくりお昼ご飯を食べて、夕方、温泉へ。温泉に浸かってからサウナと水風呂。

水風呂が気持ちいい。全部で1時間以上いた。

堤防沿いを走る。視界いっぱいに草の緑と空の青。

温泉帰りにここを車で通る時、いつもぼんやりいい気分。

空まで上がっていくような。


やらなければならない仕事が少しあるけど、明日にしよう。

9月10日（金）

やらなければならない仕事、ごくゆっくりと進めてます。

さて、今日は種まきの続き。でも今日はあまりはかどらなかった。なぜなら、もうまく場所がほとんどないから。どうしようか…と畑を眺める。

オクラがたくさん、大中小、立ってるけど、まだこれから生るかもしれないし。

うーん。

あれ？　この2本のごぼう。いつ大きくなるんだろう。

高さが30センチぐらいのまま、ぴたりと生長が止まってる。調べたら種をまいてから120日で食べられるそう。ということは4カ月後。まいたのは去年のたしか11月。するともう10カ月もたってる。もう食べられるのかな。大きくならなかったから気づかなかった。

で、1本、掘りあげてみることにした。

少しずつ土を手で掘って、どうにか掘り出す。二股に分かれていて、長さは25センチぐらいあった。小さいけどうれしい。晩ごはんにしよう。

家に戻って、ゆっくりお昼ご飯を食べて、今日も温泉へ。その途中で牛肉を買う。

クーラーボックスに氷を入れてきたので、そこにちんまりと納める。サウナで熱くなり、水風呂でリラックス。

今日もボーッとなった。

晩ごはんは、ごぼうと牛肉と舞茸(まいたけ)のすき焼き。ごぼうの味は、うーん、まあまあか。白くて柔らかかったけど、ごぼう独特の風味はそれほどしなかった気がする。すき焼きというのがまたね。味が濃いから。よくわからなかったわ。2本目に期待しよう。あっちはもう少しあとで食べよう。根菜は寒くなってからの方がおいしくなるかもしれない。

台風が近づいていて、明日から天気が悪くなるという。

9月11日（土）

朝4時に目が覚めたので寝ながら動画を聞いていたら、東南アジアでコロナが流行(はや)っていて工場が稼働できないので、これから世界中で品不足になったり物の値段が上がるかもしれないと言っていた。

うーん。私は畑を作ってるから自分の分ぐらいは賄えそうだけど、もしそうなったら家族の分も作ってあげたい。じゃがいもをもっと植えよう。

想像が広がり、さっそく朝一番にホームセンターに駆け込んだ。ここにたくさん種イモがあったはず。ない。数日前まであったのに。店員さんに聞いたら、今年はもう販売を終了したとのこと。そうか…。じゃあ、しかたないか。

と、あっさりあきらめる。

畑に出て、種まきの続きと、枝豆の収穫。もう最後の枝豆。最初に食べたのが一番おいしかったなあ。

午後はひまひまにゆっくりやってる引っ越し荷物の片づけ。

今日は、台所の床に並んだ台所用品。ザルやお玉など、どうしてこんなにあるのか。「ごはんがくっつかないしゃもじ」なんて同じものが3つもあった。とりあえず、使わないものを倉庫に仕舞う。

じっくり観察したら、残っているものは「使いたくないけど、まだ捨てたくないもの」だった。台所用品だけじゃなく、服でも小物でも、みんな困るのはそういうもの。それらがあちらこちらでふんぞり返っている。

今、4時。

5時から将棋を見たいのでいそいで温泉へ。1時間弱しか入れないけど、習慣になっているから「行かないと…」と思ってしまう。

ぎりぎりまで入って、あわてて帰る。急ぎすぎて服を前後ろ、反対に着ていた。

将棋を見ながら晩ごはんのカレーを作る。ひき肉のカレー。赤いピーマンのローストとチーズをトッピング。

9月12日（日）

南から来ている台風のせいで朝から雨。

雨の日は休養日…という感じでリラックス。のんびり家の片づけをしようかな。

そうだ。玄関わきの引き出しを片づけよう。何が入っているのかわからないほどになっているから。なんだってこんなにごちゃごちゃしているのだろう。ハサミ、電球、ペンチ。レンチなんて4本もある。これはガレージに移動だ。電球はテレビの下の開き戸に。ハサミは…、なんと5本。さまざまな用途の。

ハサミと言えば…、昔、実家では、ハサミがいつもどこかに行ってて使いたいときになくて困っていたので、そのトラウマで私の家にはたくさんハサミがある。リビングには、今、…数えてみます。

6本ありました。東京の家と宮崎の家のを足したせいでもありますが、この他に仕事部屋にも何本かありますからね。

トラウマってすごい。昔、家が小さくて嫌だったって人が大人になってお金が入ってきた時に大きすぎる家を建てたって話を何度か聞いたことがある。大きすぎるお風呂を造ったら寒かったとか、とにかく大きい家で部屋をたくさんバカみたいに造ってしまったとかね。

家って大きければいいってものじゃないよね。暮らしやすくて快適な家がいちばん。それは自分の人生の状況によって変化するから、それを考えないとね〜。

私はなぜかこの家を建てた時、将来、他の人と住むような間取りにしていない。大きな四角と小さな四角。大きな四角はリビングと台所。小さな四角は仕事部屋兼寝室。私ひとりが暮らすのにちょうどいい。自分だけのための家だわ…。

以前は、大きすぎて掃除が大変と思ってたけど、今は、家で仕事をしているし、家にいる時間が長いからこれぐらいがいいと思うようになった。

家の中、庭、畑、と3つのゾーンがあって、気が向くままにその間を行ったり来たりできる。

9月13日（月）

今日は叡王戦第5局。藤井二冠が勝って最年少三冠に。強さが深まってる印象。ずっと家にいて、将棋を観ながらゴロゴロしていた。体を動かさずにいたのでなんだかスッキリしない。

雨のあいまにブルーベリーを摘む。残りを全部摘んだ。今年最後のブルーベリー。アイスクリームと一緒にいつもの食べ方で食べる。

明日は雨の予報。そして仕事をする日。がんばろう。

9月14日（火）

雨の一日。
すこし仕事をして、買い物へ。3つのお店を回ってちょこちょこ買う。スーパーに頭としっぽ付きの海老のお刺身があったので買ったら、それほどおいしくなく、1個だけお刺身で食べて残りはオリーブオイルでジューッとソテーした。
それから、クローゼットに長くあった服の整理。見ていると気分が暗くなる服は捨てることにした。

もったいない、いつか着るかも、と思いつつもう何年も着ていない服や、嫌なことを思い出す服は捨てよう。気持ちがサッパリしそう。まずはどういうものがあるかチェック。

夕方、温泉へ。

駐車場の入り口の大きないちょうの木の下に黄色い実がたくさん落ちている。近づいて見てみたら銀杏（ぎんなん）がいっぱい。実が雨で柔らかくなってる。明日、ビニール袋を持ってきて拾おうかな。

サウナに入ったら水玉さんがひとり。寝ころんでいた。

発酵ジュースのことを話す。ぶどうとブルーベリーを作ってるそう。私も発酵ジュースを作りたくなった。それから着心地のいいパンツ（下着の方）の話。どこどこのスーパーの中にあるのがいいというので私も試しに買ってみよう。

「いっぺんに買わないで、まずは1枚買って様子をみてからね」とアドバイスされる。

了解。

カラスカレイの煮つけの夕食後、クローゼットにまた服を見に行く。ずっと着ていなくて捨てようと思ってるコートやジャケットを着てみた。鏡の前に立つ。

なんだかよく見える。まだ捨てなくてもいいかも…。そのかわり、きつくて着られなくなってるズボン類をたくさんゴミ袋に入れた。こっちは躊躇なく捨てられる。もうこれから痩せる気がしないしね。あと、嫌な気持ちになる服も捨てた。メルカリで安く買って失敗した服などです。

9月15日（水）

ひさしぶりの晴れ。

いきなりの明るい陽射しに心が落ち着かない。何をしよう。

まず、畑をちょっと見に行く。じゃがいもの芽が出ないなあ…。あ、出てる。出てる。小さく。いくつか。よかった。

きゃあ、ひさしぶりにズッキーニの花、発見。これを見つけたら天ぷらにしないといけない法律が私にはあったんだった。

ハサミを取りに帰って、プチンと摘む。そして天ぷらに。


朝食後、道の駅に発酵ジュース用の果物を買いに行く。昨日買ったぶどうがすごくおいしかった。あれがまたあればいいけどなあ。小さくて見た目は悪いけど、完全に熟れてて安いやつ。

ありました。熟れすぎてもう枝から落ちてて実だけパック詰めになってる。4パック購入。約1キロ。
それからスーパーでパンツを買う。これかな？とハッキリしなかったけど。

午後は、これといって何をするでもなく過ごす。
バスクチーズケーキの作り方を知ったので作ってみよう。クリームチーズを冷蔵庫から出しておいたのが柔らかくなってる。それに砂糖と玉子と生クリームと小麦粉少々を入れて混ぜる。それを型に入れて、表面が焦げ茶色になるまでしっかり焼く。できた。ふわっとしてるけど、徐々に縮んだ。冷蔵庫で一晩冷やして、明日食べよう。

温泉へ。入る前に銀杏をちょっと拾った。柔らかくなってる実をつぶして種だけをビニール袋に入れる。匂いがするから車の中に入れとこう。

夕食後、ぶどうの発酵ジュースを仕込む。でも最初から間違えた。果物は洗わないんだって。ガクリ。
しょうがないのでそのまま進める。もう発酵ジュースにならなくてもいい。ただのぶどうジュースでもいい。ぶどうがおいしく、一個つまんで、瓶に入れずについつい口に入れる。

おいしそうに仕込めた。ついでにレモンと生姜(しょうが)のシロップも仕込む。

楽しみ…。

9月16日（木）

きのうのぶどうが忘れられない…。あんなにおいしいぶどうはめったにない。熟れてる感じが、だ。薄い皮がツーッとむけて、巨峰のように紫色のおいしい層が完全に残る。しかも分厚い。

また買いに行こうかな。

午前中は畑の写真を撮る。オクラはもうそろそろ終わるので、いつ切るか。このあいだまいた種から芽が出てきてる。よしよし。でも、出てないのもある。カリフラワーだ。

午後、道の駅にぶどうを買いに行く。

すると、ひとつもなかった。私が買いたいぶどうも他の種類のも。残念…。もう季節が終わったのだろうか。それか、時間が遅かったのかも。明日、朝一で買いに来ようか…。

バスクチーズケーキを冷蔵庫から出して味見する。うーん。もう少しチーズが多い方がいいなあ。次に作るときはもっと自分好みにできそう。

9月17日（金）

雨。時々くもり。

朝一で道の駅に走る。ぶどうを買いに。あるか。

あった！

私の好きなぶどう。2パックだけあったのでカゴに入れる。同じ生産者の巨峰とピオーネがあったので、それも味見しようとカゴに入れる。ぶどうがあったことで興奮して、いちじくとプチトマトも2パックずつカゴに入れた。プチトマトは最後の頃に採れるとても小さくて甘いやつで、それも大好き。

興奮はまだやまず、先日から買おうか迷っていた特別栽培米のお米5キロ、500円引きというのを2袋、買ってしまった。

家に帰って、いちじくと巨峰とピオーネをジュースに仕込む。味見しながら。私の好きな方のぶどうはそのままを食べる用にとっとく。いくつか皮をむいて食べた。皮が薄くて、スーッとむける。皮と実のあいだの紫色の層がまったく傷つかずにきれいに残る。すごくきれい。そして甘い。プチトマトはヘタを取って洗って、いつでもポンと食べられるようにガラスの容器に入れて冷蔵庫へ。

庭を歩いてるとき花壇が目に入り、気づいた。また獣が来た痕跡(こんせき)が！　あのアナグマか。ところどころ掘り起こされて穴が開いてる。足でクイクイと穴を埋めとく。

おやつにバスクチーズケーキをじっくり味わいながら食べた。

そして思った。私はバスクチーズケーキはそれほど好きじゃない。だから今までお店で見かけても買わなかったんだ。

夕方、温泉へ。

水玉さんがいたので、ぶどうなどを買いに行った話をする。興奮してお米も2袋買ったと話したら、「もうあと1カ月もしないうちに新米が出るのに」と。

あ！

そうか。だから安かったんだ…。ショック。すぐにそれに気づかないところ、まだまだだな。

今日も温泉とサウナと水風呂に繰り返し入る。そして、ひとりでふわ〜っと入っていた時、ものすごくリラックスしているのを感じた。

ついに、「ここに慣れることができた！」と思った瞬間だった。

私は新しい場所や人に慣れるのにとても時間がかかる。前に行ってたジムも、本当に慣れるまでに何年もかかった。慣れて、初めてリラックスできる。その慣れるまでの期間が落ち着かないけど、そこを我慢して乗り越えたら大丈夫。

やった〜、とうれしくなる。一度こうなったら、次からは簡単にこの状態になれる。

9月18日（土）

いい天気。

まず、畑に行って発芽した芽の間引きをする。しゃがんで地面に近づいて、コツコツ取ってはケースに入れる。サラダとして食べよう。からし菜の芽は辛みがあった。どの芽も味がそれぞれに違う。

作業後、もう暑くて汗だくになってないことに気づく。気温もすがすがしく、ちょうどいい。秋になったんだなと思う。

午後は家の中で仕事。部屋の中から見る庭も光の加減がおだやかだ。いちじくのジュースがポコポコと発酵し始めた。どうしよう。発酵ジュースを作るのはまだ自信がない。なので、ちょっと迷った末、中身を濾してジュースとして飲むことにした。ぶどうもレモンジンジャーも、すべての瓶の中身を濾す。その作業がものすごく大変だった。まだフレッシュな状態なのでぶどうの果実が濾し器に詰まってしまい、マッシャーでおしたりすりこぎで突いたりして奮闘する。

ふう。

ジュースは冷蔵庫に、残った果実は甘くておいしかったので冷凍した。ヨーグルトに入れて食べよう。

9月19日（日）

今日は、ずっとやろうやろうと思っていてのばしのばしにしていた食器を漂白剤につけるのをした。茶渋がついたものや色が悪くなっているものを漂白剤入りバケツにつける。色が悪くなっているのは漂白剤では変わらないかもしれない。ある種の食器が黒ずむのはなぜだろう。どちらも焼き物。

洗って、ザルに入れて太陽の日に乾かす。

なんだか気持ちいい。

黒ずみは落ちなかった。

「分を知れ」の話を少し前にしたけど、もう一つ思い出した。

「ぎを言うな」。意味は、屁理屈を言うなとか口答えするな、みたいなこと。ただ単に説明をしようとしてるのにそう言われることがあり、「ぎを言うな」と言われると、言いたいことがあってもグッと飲み込まざるを得ない。小学校のころ男子に「ぎを言うな」と言われて、悔しいけど我慢した思い出がある。

「分を知れ」も「ぎを言うな」も薩摩弁だと思うが、ここは宮崎県でも鹿児島に近い場所なので鹿児島の影響が大きい。

メルカリに出していた照明器具が売れなかった。

もうあきらめよう。ちょっとがっかりしたけど、これをよく解釈すると、もしかするといつか身内のだれかがこれを使う時が来るかもしれない。ちょうどよかったと喜ぶかもしれない。そう思って、倉庫に仕舞う。

9月20日（月）

休日。

きのうの夜、サクが帰ってきた。

連休でもあり、リモートワークをしているので数日滞在する予定で。

で、今日は天気がいいので山登り。えびの岳（だけ）という山には登ったことがない。存在を知ったのもつい最近。低い山で1時間ぐらいで登ってこれると聞いた。短パンと半袖（はんそで）の軽いハイキング気分で出発。

三角点のある頂上に着いたが、まわりは木だらけ。頂上は見晴らしがいいと聞いていたけど…。不思議に思いながらしばらく進むと、ある瞬間にパッと視界が開けた。展望台と書いてある。霧島（きりしま）連山と錦江湾（きんこうわん）、桜島（さくらじま）まで見える。３３０度ぐらいの大パノラマ。

うわあ…、と息をのむ。気持ちいい。

今までずっと森の中で、木しか見えなかったのが一気に解消。わーい。

そこから下り。

1時間は過ぎたはずなのにまだ下に着かない。今何時？　今何時？　と何度も尋ねる。

1時間半はたってる。1時間と思っていたのは間違いだったかも。

やっと下に着いた。調べたら、1時間半ぐらいのルートだった。何を勘違いしていたのか。いい感じに疲れた。

お土産物売り場で、ここでよく買う木製スプーンを買う。

大小さまざまな木製スプーンが並んでいる。小さいのから中ぐらいのまで10本ほど買った。私はガラス瓶に砂糖や塩、スパイス、粉物などを入れていて、スプーンを瓶の中に入れて使っている。なので掬(すく)い取りやすい形状のもの、スプーンの端の部分ができるだけ薄いのを選ぶ。

帰りにいくつかのお店に寄って買い物する。家に着いて、すぐに温泉へ。ここでリラックス。ふう〜。

9月21日(火)

今日は将棋観戦だと思ったら、日にちを間違えていた。昨日だった。順位戦。激戦の末、藤井三冠が木村(きむら)九段に勝利したと知る。そうか…。

サクが2階でリモートワークをするので、私も仕事部屋で仕事をする。自室ワーク。なんだかがんばる気になる。このチャンスに苦手だった仕事を少しでも進めたい。

ひとつやった。

夕方、温泉へ。今日は満月。十五夜だそう。温泉の受付の女性が、十五夜に合わせてススキと黄色い花と栗を探したけどいいのがなかったんですぅ～と残念そうに言っていた。

夜。月を探す。最初は雲の中。やがて出てきた。白く丸く輝いている。

「シールみたい」とサク。

「平べったく見えるね」と私。

フラットアースのことを思い出した。

「フラットアースって知ってる？」と、家に入りながらサクにフラットアースのことを話す。よく知らないのでうまく説明できなかった。

9月22日（水）

朝、なんだか薄暗い。

畑を見に行ったらポツポツ雨。

1個だけ実った白いゴーヤを、サクが帰ってきたのでおとといサラダにして食べたのだが、今見たら、小さい実が3つ生（な）っている。うれしい。

それから、落ち葉や枯れ草をバーッとかぶせていた場所から、小さなヤツガシラの芽が出てきた。まさか生きていたとは。枯れてしまったかと思った。

そして、これまた小さな30センチくらいの綿の木、2本。ひとつは動物に引き抜かれて一度は枯れて、地際から小さな芽が出てきたもの。ひとつは庭で大きくならなかったのを移植したもの。それらにつぼみがついていた。これもうれしい。

そしてまた動物が来た形跡があった。畝の側面がすじ状に掘り返されている。ミミズを追って行ったんだろう。


家に戻って朝食のホットサンドイッチを作っていたら突然、すごい雨が降り出した。雲の様子を見ると局地的な豪雨。

1時間ほどでカラッと晴れた。

今日も自室ワーク。がんばろう。

そうそう。最近暑くて湿気がすごいとみんなが言っていたのがわかった。サンドイッチ用のパンを切っていたら底の面がカビてた。そこだけ切って、食べたけど。

温泉から帰って、サクと買い物へ。ホームセンターで木の杭（くい）と板を買う。畑へ降りる草の斜面に階段を作るため。

夜はひき肉のカレー。畑の野菜を素揚げしてトッピングする。

食後、庭に出て月を見る。今日は雲一つない夜空。月明りですごく明るい。月が明るくて星は見えにくいけど、あれは白鳥座かな、だったらあそこに天の川が流れてるね、と天を指さす。

9月23日（木）

さわやかな朝だ！

燃えるゴミを集めてゴミ置き場に持っていく。

家から道に出て、ゴミ置き場を遠くに見ると、うん？　何も置いていない。

ああ、そうだった。今日は休日。秋分の日だった。

トコトコと引き返し、ゴミ袋をガレージに置く。ついでに畑の見回り。朝霧の中、朝陽を浴びて、朝露にキラキラと輝く草をながめながら畑への斜面を下る。

いろいろ出ている野菜の芽をひとつずつチェックする。レタスは、出ていないのがあるなあ…。人参はもっとたくさんまいてもよかったなあ。数日前にまいたかぶの芽が出てる。カリフラワーとチャイブは未だにまったく出てない。ジャガイモは12個ぐらい植えたのに芽が出ているのは…5つか。綿のつぼみ、あったあった。白いゴーヤの実。オクラはそろそろ引き抜くかなあ。大きくなったなあ。

ひとしきり見て、満足する。

しみじみと思った。

私はもう外の世界の研究期間が終わって、人や物に近づかずにすむのですごく楽だ。もう追いかけずにすむのだ。心は少々動いても、体は動かない。それを知るために動こうとしなくていい。

これからだ。これから、自分の世界を居心地よく作りあげることが、やっとできる。今まで取りそろえたものをずらりと並べて、そこから本当に自分の好きなものだけを選んでいく、そういう作業をこれからゆっくり、楽しみながらやっていこう。この心の底から湧き上がるような安堵感はあれらの荒涼とした旅があったから。

とはいえ別の旅はこれからも続くのだが。

家に戻って、お皿を洗って、お茶を淹れる。

お茶のカップを持って、仕事部屋の窓から北側の庭を見る。

あのドウダンツツジはうまく透かし剪定ができた。あの伸びすぎた枝は切ろう。冬になったら花壇の奥まで行ける歩きやすい道を作ろう。今は足元がゴトゴトしてるから、丸い石を取り除いて平らな石で埋めたい。

こうやって眺めるこの一帯は小さな国のよう。領土に広がる樹木や草花という住民たち。さまざまな民が一緒に生きている。混みあったところを整理して風が通るようにしよう。ごちゃごちゃしたところは透かそう。そしてこの窓からいつも全体がスッキリと見渡せるようにしたい。国造りとはそういうものかもしれない。

サクが起きてきたので、朝食のあと、畑への斜面の階段を作る。

まず、4枚の長い板をサクにそれぞれ3つに切ってもらって、全部で12枚、用意する。そして杭に防腐剤を塗る。それは私の係り。切った端から塗っていく。ホームセンターのおじさんが塗った方がいいよと教えてくれたのだった。そしてガレージにちょうど防腐剤があったのだった。

それからスコップと鍬を持って斜面へ。あれこれ試行錯誤しながら3時間ほどかけて作り終えた。日に焼けて、汗びっしょりになって、へとへと。

サクは疲れて昼寝してた。

昼寝後、ドライブ。

牧場を見たいというので、考えて、ひなもり台に行く。キャンプ場があったけどお休みだった。牛を見て、下る。次に、ふもとの霧島岑神社に寄ってみた。前から気になっていた神社だった。小さくて歴史ある神社。長い石段の下に立つ石像の姿勢が前のめりでおもしろい。石を削り出して作っているようだった。

そして、来る時に見かけたりんご飴のお店へ。カットしたのをテイクアウトする。飴が薄くかかっていてパリパリ。とてもおいしいりんご飴だった。

「彼岸花の里」と呼ばれる集落を通って帰る。ちょっと盛りのすぎた彼岸花だったけど、赤が田んぼの緑色の稲に映えて、とてもきれい。山に沈む太陽を帰りの車の中から眺め、そのあとのオレンジ色と水色の夕焼けも美しかった。

今日は充実した一日だったなあ。夜はすき焼き。畑のネギと空心菜を入れて。

9月24日（金）

今日も秋のいい天気。朝はさわやか。

畑で間引き菜を摘む。昨日作った階段を下って、上がる。いい感じ。

セッセが来たのでちょっと話す。世界情勢のことなど。大変なことが起こる起こるといわれながらなかなか起こらないねと、パニック好きな私たちはちょっと残念。

朝、起きがけにいろいろ考えていた。病気になっていないのに将来病気になる心配をしたくない。病気を分類してみた。

不摂生して病気になる↓自分の責任
不摂生して病気にならない↓幸運
健康的な生活をして病気になる↓不運・宿命
健康的な生活をして病気にならない↓よかったね

病気になるかどうかはわからないので、心配をしてもしょうがない。病気はなってから考えるというのが私のスタンス。

そのことは病気以外のことにも言える。ケガや事故、不運なアクシデント、思いがけない災害など、どんなことも、起こるか起こらないか、誰にもわからない。他人に起こったからといって自分に起こるかはわからない。わからないことを心配してもしょうがない。何が起こるかわからないのだから、何かが実際に起こってから考えるしかない。それまでは自分でできる最善策を自分なりに考えて生きるしかない。その最善策の選び方が「生き方」というものだ。他の誰でもない自分の選択である自分の生き方に自信をもとう。自信は、自分が決める、だけで生まれる。自信がない状態と言うのは、まだ決めていないということ。

まだ決められないなら決めなければいい。そこでは、決めるタイミングを待つことが重要になる。待つことは大事。

決めると自信が出てくる。

9月25日（土）

今朝、手作りのパンを焼いた。昨日の夜にパン種を仕込んで野菜室に入れておいて、朝焼くという流れで。ウィンナーパンとチーズパン。けっこうおいしくできた。


今日はサクとサツマイモ掘り。

試しにひとつ掘ってみたら、かなり大きいのができていたので全部掘ることにした。葉っぱが虫に食われて丸い穴がたくさん開いていたから、そろそろ掘りごろだったのかも。直射日光を浴びながら汗びっしょりになってひと畝、20個の苗を掘り上げた。たくさんできてる。そして芋の形が丸い。紅はるかという種類だった気がする。

それをガレージに持って行く。

次に、畑のすみに植えていた花を斜面の上へ移植する。ついに野菜を植えるスペースがなくなったのだ。道路沿いをきれいに彩ってね。

今日思ったこと。

人生が川の流れで自分が葉っぱだとして、ある小さな渦に巻き込まれてそこから抜け出せなくなり、クルクルと回り続けることってある。ある環境にいなければならない時。しばらくはその環境を変えられないという時。私はしょうがないのでそこでできるだけ快適に暮らすように工夫する。そしていつか流れが変わって、その渦から抜け出してまた別の渦の中へとらわれる。そこでもまたそこの暮らしを生きる。そうやって今まで、いくつもの環境、いくつもの渦の中で一定期間過ごしてきた。渦の中にいる時は、そこにいるしかない。そこで生きるしかない。

それぞれの渦によって、そこにいる人の立場と意見がある。だから人の意見を聞くときはその渦ごと見なければいけない。

ニュースの芸能人のインタビュー記事。

見出しを見るだけで、また「俺さま物語」を聞かされる、と感じる。ああいうのは芸能人とそのファンだけの世界。よっぽど興味のあるもの以外、できるだけ読まないようにしている。

午後1時ごろから、急に鼻水とくしゃみが出てきた。風邪っぽい。どうしたんだろう？

思い当たるのは、今朝の8時にコンビニにパン用のウィンナーを買いに行ったこと。セルフレジで会計の時にタッチパネルに触れた。お客さんも多かった。あの画面から風邪のウィルスに感染したのかも。そんな気がする。感染力の強いウィルスっぽい。コロナじゃないと思うけど…。くしゃみが止まらない。ウィルスと私の身体が闘っているのだ。こういう時、私はよくお風呂に入って治す。身体が闘いやすいように温めるのだ。で、温泉へ。

熱い温泉とサウナで温まる。これで治ればいいけど。

9月26日（日）

風邪が治ってた。よかった〜。

サクが昼に帰るので、午前中は準備でバタバタ。どうして昨日のうちにやってなかったの？　と聞く。いつもこうだ。

大慌てで出発したら、ガソリンがなくなりかけてることに気づいた。なのに日曜日でガソリンスタンドがどこも閉まってる。高速に入る寸前にやっと見つけた。時間もギリギリでふたたび大慌て。なのに入れる口の位置を間違えて反対側に止めたりした。やっと入れ終わって、無事に高速へ。まあ、間に合うだろうという時間だ。よかった。サクを空港で降ろして、私は帰りにスーパーで買い物。

家に帰ってから畑を見に行く。

静かな午後。

そこはかとなく寂しいが、そこはかとなく幸福感もある。

温泉。

ごはん。

虫の声。

静かな夜。

9月27日（月）

今日からまた自分のペースで。

午前中は畑で種を捕植したり、サクに頼まれた荷物を送ったり。

やらなければならないことがたくさんあるけど、やりたくないこともあって、しばしグズグズ。今日はいいか。休憩しよう。

天気はよく、秋のいい日より。台風が近づいているせいなのか、午後から雲が多くなった。

夕方、温泉へ。サウナには4人いてほっこり楽しく話す。東京のジムのサウナを思い出した。結局、どこにいてもなんだか日々は似ているなあ。

夜は、6つの棚と引き出しにぎっちり入ってるタオルをたたみ直す。その作業をしながら、どういうタオルがあるのかをよく確認した。これからできるだけまんべんなく使ってどれが使いやすいかを調べ、厳選して、いいのを残したい。

9月28日（火）

起きてすぐ、畑に朝の観察へ。この時間がいつも楽しみ。

出たり出なかったりしている野菜の芽を見たり、雑草をちょちょいと抜いたりしてから、立ち上がって畑全体を眺める。

オクラやサツマイモのあとに何を植えるか。一応、オクラのあとにはそら豆とゴボウ、サツマイモのあとには葉物野菜の第2弾を植える予定。

その後、ちょっと仕事したり、庭をウロウロしたり。あまり変化のない普通の日だった。

9月29日（水）

家の前の道路を切って水道管を向かい側に通す工事が始まった。おもしろいのでチョコチョコのぞく。赤と白の旗をもってるおじちゃんは地元の人で、昔の話をいろいろ知っていて、私のいとこのだれだれを知っていると言っていた。のんびり立ち話をしながら水道管や水源について興味深く質問する。

スコップを持って畑にいたら、おじちゃんが「今から穴をあけるから見たら？」と呼んでくれた。

「はあい」と返事して、スコップをポーンと土手に放り投げて急ぐ。

道路が深く掘られていてその底に黒い水道管。直径25センチぐらい。

大きな音がするのかな？　と思って見ていたら、水道管に金属の枠とドリルがしっかりと取り付けられていて、係りの人が静かに操作している。

「音はしないよ」とおじちゃん。

「水が出るのかな？」とつぶやいたら、隣にいたおばちゃんが「出ないよ」と教えてくれた。水が飛び出ないようになってるらしい。すごいね。

しばらく見ていたけど、やがて飽きたので畑に戻る。そして、ちょっとたってからまた行ったら、新しく取り付けられた細い水道管の先の方から水がピューッと出てくる瞬間だった。

「水が出た！」と思わず叫んだら、みなさん、笑ってた。

畑の作業は…。

2メートル以上に高く伸びたオクラをついに切ることにする。半分の5本ほど。地際をのこぎりで切る。ギコギコ。簡単に切れた。

枯草置き場に持って行く。

オクラがなくなってサッパリしたけどちょっとスカスカに見える。そこにまた野菜の種をまく。青い大根と赤いかぶ。芽が出ますように…。最近雨が降らないのでジョウロで水をあげる。

お昼。今日は総裁選があるのでテレビをつけておく。庭の落ち葉を拾ったりする。

岸田さんが勝ったのを見てから温泉へ。今日のお湯とサウナは熱かった。日によって変わるみたいで。サウナでアツアツになって水風呂にドボン。

ひゃ〜。この瞬間がたまらない。

9月30日（木）

今起こっていること、今の状況が、ベストなんだと思えるような思考訓練を長らくやってきたし、今思えなくてもいつか思えるようになる、と思うことができる。

…というようなことを朝の畑にジョウロで水をあげながら思っていた。

そう。

どんなこともこれでいいんだ、これがいいんだ、と私は思えるようになった。

今そう思えないことは、たぶん将来そう思うだろうと思えるようになった。

思えることと思えないことの差は何なのか。

それを考えましょう。

さて、今日は将棋を見る日。順位戦。仕事をしながら主に家で過ごそう。

昼間は仕事して、温泉へ。夜はすずしい。

将棋が終わったのは夜の12時過ぎだった。10時ぐらいからは、ウトウトしながら見ていた。なぜこうまでして見ようとするんだろう…と不思議に思いながら見ていた。

モアイ像のような草の束

10月1日（金）

今日から10月。
快晴。
ペットボトルや段ボールを地区のゴミステーションに持っていく。
午前中は畑で種まきや土寄せ。陽射しはやや強く、風はさわやか。秋だなあと思う。

10月2日（土）

今日はニンニクを植え付けた。食べるために買ってきたニンニクの中で、大きそうなのを選んでひとつずつ土に埋めた。

ニンニクは私が最初にその収穫に感動した記念すべき野菜。

10月3日（日）

今日も快晴。秋らしい、いや、暑いほどの気温。雨もずいぶん降っていない。
午前中、畑で人参に土寄せなどをしていたら、セッセとしげちゃんがやってきた。
しげちゃんはすぐとなりの草地で草むしり。時々、話をしながら作業する。
空は青く、陽射しは強い。

昨日、小さいながらも花が咲いてうれしかった綿の木。昨日は黄色だったけど今日はピンクになっていた。酔芙蓉（すいふよう）みたいに色が変わるんだ…。

午後は、家でいろいろ。

いつものように温泉に行って、夕空の下、帰宅。この時間がいちばん気持ちいい。ついでに畑に水をまいて、白いゴーヤをひとつ、夕食用に採る。

10月4日（月）

今日も快晴。

ずっと雨が降らず、毎朝、毎夕、ジョウロに一杯、畑に水やり。足りるわけがなく、ほうれん草の新芽が一部、枯れてしまった。

畑と家を行ったり来たり。やることがなくぼんやり眺める。

夕方、温泉へ。

堤防沿いを車で走っていたら、堤防の草刈りをやっていた。おじさんが草刈り機に乗ってかなり急角度の斜面を横に動いていく。よく落ちないなあと思った。

温泉の駐車場に着いたら、目の前の堤防では刈った草を丸めたものをショベルカーで軽トラックに積んでいるところだった。興味深く感じたので、近づいてじっくり見る。

写真も撮った。機械の指がとても器用に草のかたまりをつまんで、そおっと軽トラックの荷台に載せていた。そして最後に上からトントンと押さえる。青空をバックに。

10月5日（火）

1カ月前に予約した歯医者に行ってきた。

田舎にこんなところが！　と驚くようなところだった。先生も若くておしゃれな雰囲気。

ヨッシーさんに「腕がいい」と言われていたので安心していろいろな検査を受ける。初診なのでレントゲンやCTや細菌検査など盛りだくさん。そして、2年ぐらい前に痛みを覚えた右上の歯はやはり根っこに問題があった。神経を抜いてある歯で、奥に膿（うみ）の袋があるそう。その2本はやがて抜けてしまうとのこと。2年から5年ぐらいでそうなる可能性が高いと。もう根の周りの骨が溶けていて歯の外側の部分で支えられている状態らしい。どうすることもできず、私ができることは歯磨きだけ…。シュンとしてしまったけど、今まで時々痛くなるのにどうなっているのかわからなかった部分を、画像を見ながら詳しく説明してくれたので、「なるほど」と納得した。まあ、先生に任せて様子を見よう。先生はかみ合わせが得意分野だそうで、私は歯の食いしばりが強いらしく、そのへんも診てもらえたらと思う。ヨッシーさんも時間をかけて歯のかみ合わせを治してもらったと言っていたなあ。

建物から出て、いつもの田舎の景色の中で太陽の熱い日差しを浴びたら、タイムトラベルから戻ったようなぼんやりとした気持ちになった。

近くのスーパーで買い物。歯医者でシュン&ドキドキしたのでヨッシーさんに感想をぶつけたいと思い、家にいるのを確認して、話をしに立ち寄る。

ヨッシーさんにひとしきり話し、クルミパンを半分もらって、お気に入りのお豆腐をひとくち味見させてもらい、なぜか瓶のペリエを手渡され、菜園の小さな赤い水菜を引っこ抜いて見せてもらってから、帰ろうとして車に乗った私に、「岡ワカメを味見して！」と岡ワカメを摘みに走ったヨッシーさん。前に岡ワカメの苗をもらったんだけど庭に植えたら育たなかったと話したから。数枚を車の窓から手渡される。

「茹(ゆ)でて食べるね」

そういえば。昨日から鼻水とくしゃみが出る。そして、目がかゆく、しょぼしょぼする。それでわかった。風邪じゃなくて花粉症だったのだ。秋のブタクサに少しアレルギーがあるので、それかもしれない。今は人前でおちおちくしゃみもできないから困ります。

夜、岡ワカメを茹でてお浸しにして食べた。

10月6日(水)

今日も快晴。

朝一で畑にジョウロで水撒きをして、ほうれん草の芽がでないなあ、また蒔こうかな…と種の袋を見たら、25度ぐらいが芽の出る適温だと書いてあった。最近暑くて30度近くあるので、ちょっと気温が高すぎるのかなあと思った。もう少し涼しくなってからにしよう。

家に帰って、リビングの窓を開けて網戸にする。

と、その時。パサリと上から落ちてきたものが。

ヤモリだ。いつもここにいるヤモリ。網戸の内側に落ちた。で、ほうきを持ってきて外に出そうとしたらいなくなっていた。窓の内側のどこかにいるはずだが…。

もうここにいるのならそのままにしよう。名前を付けようかな。

「ラッキー」。

とても平凡だけど、なんだかこれがいいと思った。ちょっと苦手だからこそ、あえてラッキー。ヤモリのラッキー。我が家のペット。

そういえば、母も昔、いつも台所にくるカエルをガ太郎と名づけていた。ある日、鍋で湯を沸かしたらその中でぐつぐつ茹でられていたそう。うっかり飛び込んだのだろう。かわいそうにと言っていた。

夕方、温泉へ。

いつものようにサウナに入っていたらなんとなくゆらゆらする。めまいだろうか。一緒にいるふたりは何も言ってない。上を見上げて気持ちをしゃんとさせる。脱衣所に行ったら、入ってきた方が「さっき地震があったね〜」とおっしゃる。やっぱり。あれは地震だったんだ。めまいじゃなかった。ちょっとホッとする。

帰り道。

刈った草が堤防の上にまるでモアイ像のように一列に並べられていた。夕方の空は透明で、草のシルエットはかわいらしく、思わず車を止めて写真を撮る。

夜、寝ようとして廊下の電気を消して自分の部屋に入る。

あ、お水忘れた。もういちど引き返し、廊下の電気をつけて台所に向かって歩いていたら、床をタタタと逃げていくラッキー。あわててるようで右に左にバタバタと進んでいる。夜に動くのだね。

10月7日（木）

そういえば、このあいだサクが帰ってきた時、私の本を読みたいと言って、詩集やつれづれノートを読んでいた。つれづれノートを読んで、おもしろいと言っていた。

「就活前に読んでたら何かが変わってたかも」とサク。

「でもその頃は読みたいと思ってなかったんだから」と私。


畑で野菜の移植をいくつか。こぶ高菜、かつお菜、水菜、白菜。庭で剪定と草取り。

午後は仕事を少し、そして温泉へ。

今日もいい天気で、おだやかな一日だった。

10月8日（金）

今日、明日は竜王戦を観戦する日。

朝は涼しかったけど昼間はすごく暑くなり、ひさしぶりにエアコンをつけた。あいまにチョコチョコ庭や畑へ。

庭を見回っていたら、ヤツガシラの小さな葉が出ているのに気づく。

なんと！　あまりにも育ちが悪かったので畑に移植したのだが、球根の一部が残っていたのだろう。どうしたらいいのか。とりあえず土寄せをする。ショウガも小さいながらも育っているのでそちらにも土寄せしておく。もう収穫の時季なんだけど。

昼食に最高にまずいパスタを作ってしまった。近頃のワースト1。

先日、いわしの丸干しがおいしいという人がいたので、私は好きじゃなかったけど急に興味を抱き、買ってきた。焼いて食べたけど好きじゃなかった。品物がいけなかったのかもしれないと思い、今度はおいしそうなところで買ってきてリベンジ。しかし、それもおいしいと思えなかった。数匹残った丸干しをどうしようと考え、オリーブオイルとニンニクと唐辛子にしばらく漬けて、アヒージョのようなものを作って食べた。それはまあまあだった。アンチョビに似てるなと思った。その時に残ったオイルを活用しようと思い、スパゲティを作ったのです。

丸干し風味のオイルをフライパンで熱し、具は何かないかと探して、ネギとオキアミを見つけたのでそれを投入。そこに冷凍庫にあったバジルソースも加えたので、すべての味が混ざった得体のしれないスパゲティができてしまった。

まったくおいしさを感じないまま、我慢して食べ切った。おかげで胃がもたれて夜になっても空腹を感じないという残念な一日だった。

10月9日（土）

竜王戦二日目。

パソコンを2台並べて仕事をしながら観戦。時々、庭や畑に出て気分転換。

難しい将棋みたいで解説を聞いてもよくわからない。

お昼は、ひき肉のカレーでも作ろうか。おやつにアイスでも買って来ようか。


ひき肉のカレー、作りました。アイスを4個、買って来ました。

藤井三冠が劣勢。将棋の途中にサッと温泉へ。帰ってきたら優勢になっていた。あら、何があったのだろう。そのまま優勢を保ち、第1局は藤井三冠の勝ち。藤井くんが食べた昨日のおやつの紫芋モンブランが世間の話題になっていた。

明日は仕事に集中しよう。

10月10日（日）

仕事をしてから、冷蔵庫で芽出ししたレタスの種を育苗トレイに移す。無事に育てばいいけど。

午後はのんびりして、温泉に行き、夜ものんびり。

スライス焼きリンゴを作る。

炭酸水を4銘柄、4ケース買ったので毎日何本も飲む。炭酸が強めなのが好き。

10月11日（月）

つれづれの新刊の見本ができたので馬場さんとヨッシーさんに届けに行く。

一緒に行ったハイキングで見たミヤマキリシマや犬ザンショウの写真を指し示す。

ふたりとも楽しそうに見ていて、とても喜んでくれた。

駅のまわりには黄色いコスモスが大量に咲いている。オレンジ、黄色、レモン色。

線路わきにもずーっと。私がおととしだったか、踏切のところで種をもらったレモン色のコスモスは今、家の庭で咲いている。

明日、白鳥山（しらとりやま）に登るので一緒にどうですか？　と聞かれ、「行きたい」と答える。

10月12日（火）

9時集合なので、朝、バタバタと準備する。おにぎりを2個作って、水を2本。帽子、合羽（カッパ）、ストック。ギリギリに出発してギリギリに到着。

馬場さんの車に相乗りしてえびの高原へ。下の方は晴れていたけど、上の方は雲が垂れこめて薄暗い。そして肌寒い。

薄霧の中を出発。全部で3時間ぐらいの行程。いつものように山野草や木の実、蔦（つた）、木の葉を見ながらゆっくり上る。途中、薬草のセンブリの花を初めて見て感動した。楚々（そそ）としてきれいだった。小さな葉っぱを齧（かじ）るとても苦かった。でも感じのいい苦さだった。

山頂でお弁当を食べようということになり、石の上に座って食べ始めたら霧と風、やがて小雨のようになってきたので急いで食べて少し早めに下山する。すると雨は上がって、だんだん晴れてきた。

さまざまな赤い木の実を見た。ヤマボウシの赤い実は食べられるんですよと馬場さんが言うので食べてみた。うーん。それほどおいしいとは思えない。でもこれは…何かに似ている。グアバか…。

紅葉がきれいだと思うとそれはたいがい漆で、触らないように気をつける。鹿も何頭か見た。霧の中に幻想的に。繁殖期だそうで、牡鹿（おじか）がメスを呼ぶ声が時折遠くに聞こえた。

下に降りてきて、芝生の広場でおやつを食べる。馬場さんが一人用のシートを3枚持ってきてくれていて、そこに寝転んだり、裸足（はだし）で芝生を歩くと気持ちいいですよと言うので、やってみる。ホントだ。気持ちよかった。寝転んでのびをする私の写真をヨッシーさんが撮ってくれた。いい角度をさがして地面すれすれから。

それから温泉へ。いつも行くワイルドな新湯温泉は定休日だったので、霧島温泉郷の方へ下って霧島ホテルの日帰り湯へ行くことにした。ここ、私は初めて。巨大な浴場があり、そこは混浴になっている。でも女性専用の区域があって4分の1ほどの大きさだけどさまざまな湯船があって楽しめた。

混浴の大浴場にもちょっと行ってみた。深い湯に首までつかりながら移動。中央の滝の下に頭を入れたりしたけど、男の人が数人あちこちに入っていたのでいづらくなり、早々に女性専用区域に退散する。

そこでまたゆっくり入る。白濁した硫黄泉、明礬泉、椎の木をくりぬいた長寿風呂(これが気に入った)などなど。湧き水の冷たい水風呂もとても気持ちがよかった。

夜8時から9時半は大浴場が女性専用になるそうなので、いつか宿泊してゆっくり大浴場に入ってみたい。レストランから見える杉の大木も名物なのだそう。それも見てみたい。パンフレットを見たら、大きな杉の木の幹がずらりと窓の外に並んでライトアップされていた。壮観だろうなあ。

ほんわかといい気持ちになって帰りのドライブ。宮崎の伊勢海老漁が解禁になったそうで、日南においしい伊勢海老のお店があるのでいつか行きましょうと馬場さんが言っていた。伊勢海老の炊き込みご飯がすごくおいしいんです、と。

10月13日（水）

電話で庭の本の打ち合わせ。3時間ほど集中して根を詰める。かなり疲れたけど、かなり進んだのでホッとする。写真が多くてレイアウトも多彩なので、今回は緊張している。無事に完成するまでは気が抜けない。祈るように仕事をする。

疲れたので買い物へ。疲れすぎて普段食べないフルーツサンドを買った。それとコーヒーで遅いお昼。しばらくぼーっと過ごす。

畑に行って作業を少し。長く雨が降らないので、やっと出た芽もかなり枯れてしまった。

夕方、温泉へ。

いつも湯船の段々に腰掛けて熱帯植物をホーッと眺めてらっしゃる方がいて、今日も眺めていらした。近くで温泉に浸かっていたら、「あの岩、象の顔に見えませんか？」とおっしゃる。

「あの黒い穴が目ですか？　…どこが鼻ですか？」

「あの岩の形が…」と指でさす。

「ああ！　見えますね！　実はさっきそこの丸い石が亀がのぞいてるように見えるなあと思っていたんです」と今度は私が説明する。

その後、調子づいて、次々と顔に見えるものの話をする私。ここに来る途中にある建物の窓が眉毛（まゆげ）と目に見えること、この温泉の今は使われていない昔の湯船の壁に見えた横顔、サウナの天井の石膏（せっこう）ボードの点々の模様が顔に見えることなど。顔に見えるもののエピソードにはことかかない。

ものごとの流れが変わる時、ガツンという出来事が起こることがある。それによって、すでにじわじわと変化しようとしていたものが一気に明らかになる。これも自然な変化の形のひとつだ。

10月14日（木）

壊れていたボイラーの取り換え工事をしてもらう。

昼間はまだまだ暑く、裏庭には蚊がたくさん飛び交っていた。業者さんに「蚊がたくさんいますよ～」と伝えたら、腰に取りつけた蚊取り線香を指さして見せてくれた。

畑に行って、ジョウロで水を撒く。ちょっと撒いたぐらいではあまり効果はないだろうなあと思いながら。それからところどころ空いてるすきまに種をまく。

綿の花が咲いている。もう4個ぐらい咲いた。綿ができるだろうか。木自体はとても小さい。

セッセが作業していたので立ち話。セッセの近所に住む同級生が昨日、心不全か何かで急死されたそうでショックだと言う。おととい普通に会話したばかりなのにと。

それから、歯の話。

セッセも私と同じ症状で数年前に奥歯が抜けたらしい。その時どうだった？　どうだった？　痛かったの？　など、熱心に聞く。

セッセは子どもの頃に虫歯が多くて、その頃に治療した歯が弱ってしまった。歯磨きを2時間もするようになったのはその反動だ。磨きすぎて歯がすり減ったほど。

私は先日の歯医者から帰ってさっそく調べ、今、膿み出しの漢方薬を買って飲んでいる。よく飲むのを忘れるけど、少しでも効果があればと思って。

最後にセッセが「でもまだ歯があるんだからいいじゃない」と言った。

「そうだね。ないよりはね」

そう思えばそうだ。

温泉へ。みんなが楽しそうにしゃべってるのをほんわかと聞く。帰る頃の6時ごろになると、いつも人がいなくなる。ちょうど夕食で忙しい時間だからかな。

堤防ぞいを車で走る。

少し坂になっているところを上がる時、空と雲が目の前に広がって気持ちいい。いつもここで、わあ〜っと、いい気持ちになる。

10月15日（金）

歯医者2回目。

今日は歯の写真を撮ってから、上の歯のクリーニング。次回は下の歯のクリーニングで、その次に今までの資料を基に治療方針を提示される。その時に「歯の歴史」がわかりますよ、とのこと。楽しみ。

歯磨きの指導もしてもらった。今日は2回目なので前回ほど緊張しなかった。少し慣れたようだ。

午後、畑に出て、蕪（かぶ）の間引きをする。もう土がカラカラでサラサラ。雨がほしい。歩くと土埃（つちぼこり）がたつほど。

今日は月の近くに木星がくるそう。
ということを知らなくて、月の写真を撮ったら明るく輝く星が近くにあって、なんだろうと調べたら木星だった。月の写真をデジカメでアップにして撮ったら、クレーターまでよく撮れた。影も写って立体的に。これが今、現在の月なんだ。月の表面をUFOが通ったら写真に写るかもと思ったほど近くに見えた。

10月16日（土）

今日はガレージで陰干ししていたさつま芋のツルを切って紙で包んで段ボールに入れた。移動しようとしたら持ち上げられないほど重い。やっとのことで玄関に入れる。どんな味かな。甘いかな。

余った野菜の種を畑のすみっこにまく。
今日もいい天気だった。

10月17日（日）

今日は10時半から近くのカフェで「酵素発酵ジュースの作り方教室ランチ付き」に行く日。水玉さんに誘ってもらった。

準備して、時間まで暇を持て余していたら、ヨッシーさんからヘチマが生ってます がいりますか？ とラインが。前にヘチマの話を聞いて、食べてみたいと言ったから。そのあと、道の駅で小ぶりのヘチマ50円というのを見つけたので買って食べてみたが、なんというか、土の味がした。

いただけるならと連絡をとり、今、これから取りに行くことになった。

ブーッと車で、すぐ着いた。

裏庭に案内されると、枝を切り落とされた大きなツバキの木が並んでいて、その中の2、3本にヘチマのつるが這いたくさん生っていた。大きなのから小さなのまで。

高枝切バサミで小ぶりなのをひとつ、採ってもらった。それから表の菜園に向かい、岡ワカメとピーマン1個、里芋2個をいただく。ちょうど今、私の畑ではあまり野菜が採れないのでありがたく。でもたくさんもらいすぎないように、今日の夜、食べる分だけ。で、その時にショックなことを聞いた。

里芋を掘ってくれた時だ。私が「畑の里芋をちょっと試し掘りしようとしたらどこまで掘っても里芋が出てこないんです…」と話していて、「春に親芋を植えて…」と言ったら、「あらっ。子芋を植えないと」とヨッシーさん。

なんと、子芋を植えるのだそう。ショック。あの頃は何も考えていなかった。人に聞くことすら考えなかった。ただ、道の駅に売られていた大きな親芋というのを買って、これを植えたら出てくるかな…というぼんやりとした頭だった。子芋を作るんだから親を植えるのかなと。

まあ、しょうがない。来年は子芋を植えよう。来年のお楽しみにしよう。

家に帰ったらしげちゃんが畑で草取りをしていた。なのでちょっと話す。そしたらもう行かなきゃいけない時間で、あわてて出発する。

カフェに着いたら、大人数のお弁当の注文が入ったそうで大慌てで作っているところだった。なのでみんなで包むのとかを手伝う。

そして始まった。水玉さんと同じテーブルについて、まず果物を選ぶ。2回目以上の人は前と重ならないものを。初めての人はそのあとに好きなものを。柿やなし、パイナップルがあった。私は大きなパイナップルが目に入ったので、パイナップルにした。

水玉さんはキウイにしていた。

説明を聞いてから、果物を切って容器に入れる。パイナップルはいちばん切るのが難しい。それは知らなかった…。まわりの皮をむいて、斜めに入っている茶色い部分を斜めに切り取っていく。

ああ、これは棒にささった生のパイナップル「冷やしパイナップル」の、あの斜めの線だ。こうやって作るのか…。

てん菜糖を入れて、今日からこれを毎日30回ずつ、ぐるぐる回す。3カ月後から飲めるそうで、楽しみ。

そのあとにランチ。カゴに小皿がいろいろ入っている。どれも自然でやさしい味だった。食後のデザート（シフォンケーキ）もついていた。

味見をしたくてりんごの酵素発酵ジュースをひと瓶買って帰る。

全体的に、わりと楽しかった。

10月18日（月）

今日は仕事をする日。

しばらくエンジンがかからずグズグズしていた。午後になって特に頑張る。

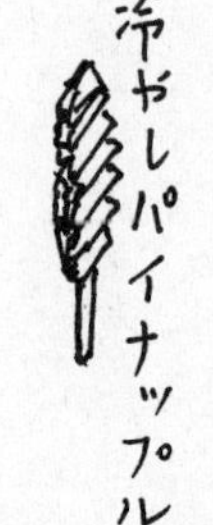

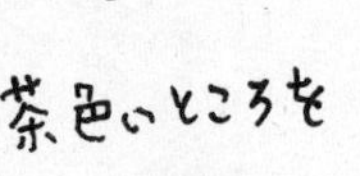

畑では新芽のお世話や間引きをする。

里芋のことを調べていたら、親芋を植えている人もいた。なんと。もしかすると失敗したと思い込んでいた私の里芋に子芋が育っているかも…。がぜん楽しみになる。

10月19日（火）

仕事の続き。こまごました作業も終えて無事に原稿を送った。ホッとする。

今日は曇りで涼しい。昨日から朝の冷え込みも強くなった。布団をもう一枚増やそうか。2階の押し入れを開けた。そうそう、これこれ。愛用のチワワの毛布を取り出して、掛け布団の上に広げる。

スナックパインの葉を鉢に載せていたら根付いた。その鉢も、そろそろ家の中に入れよう。朝の冷え込みで枯れてしまわないように。おとといのパイナップルの葉も鉢に載せた。それは倉庫小屋に置いた。

夜は将棋を見ながら、セッセから届いた新米で生姜（しょうが）の炊き込みご飯を作る。新米は米袋を持ち上げられないくらいたくさんもらった。20キロ以上ありそう。カーカたちにも送ってくれるというので、喜ぶだろう。

10時ごろに眠くなったので、ベッドの中で将棋を見ていたらやはり眠ってしまった。最後の瞬間を見逃してしまい、本当に残念。

・

10月20日（水）

今日は自由デイ。何も用事がない日なので自由に過ごそう。自由デイ、自由デイ…と確認するようにつぶやく。

落花生の葉が黄色くなってきたのでそろそろ掘り起こす頃かな。遅くなると虫に食べられると聞いたので急に心配になった。今日、掘ろうか。

掘りました。ふたつのうちのひとつ。大きい方。

ちょっとだけ試しに…と掘り始めたら、止まらなくなって結局全部掘り上げてしまった。大きな落花生がたくさん生っていた。鍋(なべ)一杯分を今日茹(ゆ)でて、残りは干すことにしよう。

温泉から帰って、茹で始める。50分というから結構長い。

茹で終えて、味見する。茹でたてはとても柔らかい。先月、一度試しに掘って、数個茹でて食べたらそのおいしさに驚いた。今日もおいしかったけど、最初の驚きにはかなわない。それでも50個ぐらい食べた。残りは冷蔵庫へ。

自由ディ。終了。明日は自由ディじゃない。

10月21日（木）

雨。ついに雨が降った！

何週間ぶりだろう。とてもうれしい。そして気温は低い。布団をもう一枚出した。

傘をさして畑に見に行く。葉物野菜が雨に濡れて鮮やか。

午前中、仕事の打ち合わせに行って、帰りに買い物。玄米も買ってきた。今、家にはお米がたくさんある。40キロぐらい。いつ食べ切るだろう。

夕方、温泉へ。

サウナに入ったら先客ひとり。寒いですね〜と挨拶。

たまにここに来るのだそう。ポツポツ話して、話題が薪ストーブのことになった。

私が「寒くなったから早く薪を買いに行かないといけないんです」と言ったら、その方は家を建てた時に暖炉を作りたかったけど家族の猛反対にあって泣く泣くあきらめたとおっしゃる。

「20年たってやっと壁紙を貼り替えたの。前のが気に入らなかったのよ」と、その方。

「今度はどういう壁紙にしたんですか?」

「あのね。下半分が煉瓦(れんが)みたいなので、上半分がコンクリート打ちっぱなしみたいなの」

「へー、おもしろいですね」

「見た人が驚くわよ。今度のは雑巾(ぞうきん)で拭(ふ)けるからいいわ」

「へー」

10月22日(金)

今日は竜王戦第2局がある。

その前に急いで畑に向かう。

朝もやだ。昨日雨だったので新芽がたくさん出ていた。うれしい。密状態だったので間引く。根がついているのは一か八かと願って空いてるところに植える。

つい夢中になって、ハッと気づくと小学校の授業が始まってる気配。ということは

9時すぎたかも！

急いで家に戻ると、9時ちょっと前。ぎりぎり。

昼、電話で本の打ち合わせを1時間ほど。そのあとドライカレーを作って食べる。クリームチーズとヨーグルトを少し入れたらおいしかった。

今日はとても寒い。

もう暖房を出さないと…。でもコタツはできるだけ出したくない。なのでホットカーペットをテーブルの下に敷いた。これで大丈夫だったらいいけど。

一気に寒くなったなあ。

私は、何かトラブルが起こって、もうだめだ！　にっちもさっちもいかない！　となった時は、途中まではバタバタするけど、途中からはスッと切り替えて、「これは運命」とあきらめることにしている。

10月23日（土）

竜王戦2日目。藤井三冠の勝ち。圧勝という感じ。豊島(とよしま)竜王の横顔を見ていたらちょっと物悲しくなった。どちらも好きなので。

夕方、畑を見に行く。今年最後の種まきの計画を考えながら。空いてるところに葉物類をできるだけ。それから端っこに豆類。

物悲しい気持ちのままトボトボと見回って、トボトボと帰る。

10月24日（日）

今日は馬場さんに誘ってもらった白鳥山での天空ヨガハイキングに参加した。おだやかな晩秋の陽ざしの中、シロモジの落ち葉の匂いを嗅いだり、リンドウの青い花やつるリンドウの深紅の実などを観察しながらゆっくり山歩きをして、噴煙を上げる硫黄山や白紫池を眼下に見下ろす白鳥山の山頂へ到着した。

展望台でヨッシーさんに記念写真を撮ってもらったら、私のお腹の太ったところが写っていたのでパーカーを羽織り直して撮り直す。チェックしたらまだお腹が見えていたので、ついには立て看板の柱に隠れて、顔だけを横から出した。最近は自然農をしているからだんだんお腹も引き締まってくるんじゃないかと予想しているが、まだその兆候はない。

そして、山頂付近のガレ場でヨガ。配られたシートを思い思いの場所に敷く。寝ころんで裸足(はだし)になって手と足を太陽に向けて足の裏に太陽の光を当ててみた。斜面なので動くと少しずつ滑る。10センチか15センチぐらいズルズルと。そして石が背中に当たって痛い。もっとよく均(なら)したらよかったなあ。

先生の指導を受けて、ヨガが始まった。寝ころんでゆっくりとのびをする。腕を回したり、腰をひねったりの簡単なヨガ。山のてっぺんで太陽の光をあびて、空を見上げて、背中に山の大きさを感じながら、噴煙や火口湖、遠くの桜島に囲まれて…。

最後に立ち上がり、噴煙を上げる桜島の方を向いて深呼吸。

お昼はそこでベジタリアンカフェの玄米おにぎり。それがとても小ぶりでおいしかった。山から下りたところでは天然素材のスイーツのティータイム。それもおいしかった。

どれもこれもすべてがよかった。

そういえばガレ場にテーブルぐらいの大きさのプリンのような形の岩があって、とても興味をひかれた。次に行った時にはもっとよく見てみたい。ヨッシーさんがここにお弁当を載せて写真を撮りたかったと言っていた。確かに。私も。

あれは自然にできた形なのだろうか。とても不思議だった。

10月25日（月）

今日は朝から雨。これでまた野菜が育つだろう。

気温は低く、肌寒い。今日は家でゆっくりしよう。

山本文緒さんの訃報を聞いてショックだったという方から質問をいただいた。何か接点はおありでしたか？ と聞かれ、直接的にはなかったけど本を買ったこともあるし、同じ時期に「月刊カドカワ」の連載をやっていたので、よく読んでいましたと答える。私は人の死に対しては、一瞬、えっ！ とショックを覚えるけど、すぐに、「そうか…」と収まる。吸う息で「えっ！」、吐く息で「そうか…」という感じ。森瑤子さんの訃報を車の中で聞いた時も、マイケル・ジャクソンの訃報を出先のテレビで知った時もそうだった。ショック！ そして「そうか…」。

10月26日（火）

今日は一転、雲ひとつない快晴。すごくいい天気。暖かくてポカポカ。

セッセに軽トラックを運転してもらい、高速道路を通って隣の隣の町に薪を買いに行く。今年は薪の需要が多いそうで在庫が少なくなっていると言っていた。荷台に半分ぐらい買って、また高速で帰る。高速でなければ途中のりんご園でりんごを買いたかったなあ。

薪を薪置き場に置く作業をしていた時、セッセが「この砂糖を焦がしたような、キャラメルのような匂いは何？」と言うので、「桂の枯れ葉だよ」と教えてあげる。


午後、眞子さんの会見を見る。最初の数分を見逃してしまい、残念。入ってくるところを見たかった。眞子さんがとても凜とされて、時に厳しく強い口調で話される様子を見て、動かしがたい雰囲気を感じた。対して小室さんは意外にも雰囲気が柔らかく、以前とは違った珍妙な印象を受けた。これは眞子さんがしっかり小室さんをリードしてうまくやっていくのではないかと、ふと思った。そして、眞子さんは変わり者かもしれないと思った。

10月27日（水）

道の駅に行って棚の整理や打ち合わせ。ついでに果物を買う。キウイにした。アケビは迷った末に買わなかった。食べにくいから。

午後は昼寝したり、畑で細かい作業。

温泉に行ったら、すぐ日が暮れる。おだやかな一日だった。

10月28日（木）

今日も道の駅に行って、昨日の続き。

今日は舞茸（まいたけ）となすを買う。できるだけ野菜は自分の畑でできたものだけで、と思っているけど今は採れるものが少ないのでしょうがない。

午後、川原へ散歩。

陽射しがあたたかくて川原の草は金色に輝き、すごく気持ちがよかった。空は青く、さわやかだった。

温泉に行っていつもより長く浸（つ）かり、晩ごはんをゆっくり作って食べて、夜は仕事を楽しく進める。

今日もおだやかな一日だった。

10月29日（金）

午前中は庭の本の打ち合わせ。また電話で1ページずつ確認する。これからが終盤戦の詰めの作業。最後まで気を抜かず頑張りたい。

お昼はヨッシーさんとランチ。私の好きなカフェへ。小さなカウンターはガラス越しに石畳と木々が見える特等席。少しずつ盛り付けられたかわいいランチとデザートをゆっくりいただく。

そのあと、ひさしぶりに私の好きなハーブ園へ行ってみる。1年以上ぶりかも。到着すると、なんだか変。気配がない。看板もない。建物もない。草ぼうぼうになっている。いったいどうしたんだろう。何かあったのかな。辞めたのかな。

近くのお店に行って、聞いてみたらわかった。そこからほど近いところに移転したのだそう。なんだ、そうだったのか。そこを探して車を飛ばす。

少し迷いながら、たどり着いた。おじさんたちはいなかったけど、看板があって建物もあった。ハーブも勢いよく咲いている。今度、また買いに来よう。春先にカモミールの苗を買おうかな。何度植えても定着しないけど。

帰りがけ、ヨッシーさんちに寄って柿と梨をいただく。その柿と梨はすごくおいしいそうで、「同じ日に食べたらだめ」と言う。

おいしすぎて別の日に食べなきゃいけないんだって。ほう…。そうします。

10月30日（土）

竜王戦第3局がある日。

中継が始まるまでと思い、畑に出て菜っぱの間引き。そうしたら夢中になってしまい、急いで帰ったらギリギリだった。

対局をチラチラ見ながら、ずっと仕事。細かい作業をする。石に絵の具で顔を描いたり。外では雨が降り出した。

6時過ぎに封じ手。続きは明日（あした）。

完熟柿のおもしろい食べ方を聞いたのでやってみた。

柿を、ヘタを上にしてお皿に載せて、ヘタの部分をきれいに取って、そこからスプーンをさし入れてくりぬいて食べる、というもの。完全に熟すまでじっくりと観察しながら窓辺に置いておいた柿。もう中身はやわやわになっている。皮をつつくとすぐ破れそう。それをヘタのあったところからスプーンで慎重にすくって食べた。芯（しん）の部分は少し渋みがあったけど、皮の近くはとても甘かった。

10月31日（日）

10月最後の日。

いい天気。

今日も早朝、畑へ。買いそびれた三池たか菜の種を急いで買ってきて、蒔けそうな場所をひねくり出して蒔いた。その場所とはモロヘイヤが植わってたところ。もうすぐ種が熟しそうだったので、根っこから掘り起こして隅っこに移植した。そこに。

それから、安かったので買ってしまった玉ねぎの苗を大急ぎで植えた。だって「お願い！　買ってください！」と手書きで書いてあって、値段がセール価格で50円だったから。50本ぐらいあるかもなあ。急ぎに急いで全部植える。すると畑用にここまで借りるね、と決めた範囲からはみ出してしまった。あとでセッセに説明しなければ。

対局二日目。

今日はできるだけ見ていよう。

じっくりとした動きだったが、途中から藤井三冠が優勢になった。そして勝った。豊島竜王が静かにうつむいていた。ああ。

藤井三冠の3連勝。次の対局は2週間後。

私は、夜遅くまで内職のような細かい作業。夜遅くじゃないか。9時ごろまで。

11月

真幸駅近くの黒い実の木

11月1日（月）

今日は山が大好きな馬場さんに誘われて、ヨッシーさんと3人でえびの高原の紅葉を見に行く。

空は青い。

ツタウルシがオレンジ色に色づく木立を散策する。途中の道路もきれいな紅葉が始まっていた。

午後は不動池の方にまわり、そっちを散策。

歩いていたらポツポツ雨が降ってきた。お昼のおにぎりを食べているともっと降ってきたので早々に切り上げて車に戻る。しばらくすると雨が上がったので、下り道のところどころで車を止めて写真を撮る。山に生えているグミは初めて見た。秋グミというそう。5ミリぐらいの小さなグミが大きな木にたくさん生っていた。

りんご園でりんごを買い、素晴らしくおいしいしぼりたてのりんごジュースを飲み、いつもの有機野菜のお店で今日は袋に詰め放題で100円というさつま芋を買う。自分で作ったのがあるけど味見がしたくて。

帰りに温泉に行こうとしたら閉まっていて、別のところに行ったら水玉さんとサウナでバッタリ。驚いた。今日はいつものところがお休みだからね。

帰る途中に建具屋さんに寄って木を薄くカットしてもらえるか相談をする。

今日は盛りだくさんの日だった。頭と心がいっぱいでまだ整理できてない。

11月2日（火）

朝からこまごまとした事務作業に奔走する。あっちに行って、こっちに行って。

その後、グッズの打ち合わせをして、お昼前にはうちに戻り、お願いしていた煙突掃除の方の到着を待つ。

何年振りかの煙突掃除。顔なじみの担当の方に久しぶりですと挨拶(あいさつ)する。

掃除するところを近くで眺めていて、ふとした疑問が浮かぶたびに質問をした。使い方も改めて確認できたし、ミニ知識も増えてよかった。

2時間ぐらいかかった。ストーブもすみずみまで掃除されてとてもきれいになった。

扉など、普段掃除できない部分まで取り外して掃除してくれた。スッキリ、さっぱり。

トイレを貸してほしいと言われて貸したけど、壁に貼ったメモ2枚。

「とにかくのんき気でマイペース」と「分をわきまえると心が落ち着く」を見られたかと思うと恥ずかしい。あとでハッと気づいた。

このところ私が熱心に考えているのはグッズの新商品アイデア。

私は石と木が好きなのでそれを使ったものがいいなあと思い、「銀色夏生の石仲間」というのを考えた。インスピレーションに任せて拾い集めた一個一個の石をじっと眺め、ひらめいた目を描き入れて、木の輪切りの座布団に載せる…。

試作品をいろいろ作って、みんなの意見も聞いた。だんだん形になっていくのがとても楽しい。自分でもあやふやだった部分がそうやっているうちに次第にはっきりしてくる。その過程も楽しい。判断しかねるところはいったん保留にして他のことをしていると、いつしか自然と判断できるようになったりしている。

近所の木工所のおじちゃんから紹介してもらった建具屋さんに木の輪切りを頼んだので、それが出来上がるのが待ち遠しい。明日、注文していた透明シールも届く。それも楽しみ。思ったように出来あがっているかどうか。

昨日、山で朴の落ち葉を拾ってきたので夕食に朴葉味噌を作ってみようと思い、飛騨牛ならぬ宮崎牛を買いに行く。行った店にはステーキ肉みたいなのがなかったので切り落としを買った。まあ、食べやすくていいか。

朴葉を2枚、焼き網に置いて、砂糖や酒で味付けした味噌と牛肉をのせる。

これでいいのかな。ぐつぐつ煮えてきた。朴葉は燃えにくいと聞いたが本当だ。すこし黒くなったけど燃えてない。皿に移してテーブルで食べる。葉っぱの匂いふうん。こういう感じか。なんだろう。ほんのりといい匂いがする。だろうか。風情があっておもしろい。

最近定番の柿のサラダに、今日はほうれん草の小さな間引き菜をたくさん入れた。

11月3日（水）

文化の日。

午前中は事務仕事。コツコツ。

午後は里芋と落花生掘り。里芋は親芋を植えてしまったのでどうだろうかと思ったけど、わりとできていた。大きなのもあった。あとで知ったけど親芋を植えると大きな芋ができるそう。

小さな小さなヤツガシラは掘り起こさなければよかったと思うほど小さいのができていた。3センチぐらいの。

落花生もわりとたくさん実が生っていた。

収穫とはうれしいものだ。

夜は里芋、さつま芋、大根を入れた豚汁。落花生も茹(ゆ)でた。おいしかった。

11月4日（木）

朝、ゴミを捨てに行ったら、隣の隣の足の悪いおばあさんが、しゃがんで道路に面した庭の草取りをしていらした。去年の大雨の時に手押し車を押して避難していたおばあさんだ。「おはようございます」と声をかけたら、「ああ」と見上げて挨拶をされた。そして、私のことを知っているようで、「読んでいますよ。おもしろい本」とおっしゃる。わあ、そうなんだ。なのでしばらくそこで話す。夏頃、このお家（うち）の庭にジンジャーリリーと思われる花がたくさん咲いていて、道を歩いていたらいい匂いが漂ってきたので、そのことも話す。

郵便局に行ってからホームセンターへ。

工具類をいろいろ見る。店員さんにも話を聞く。若いお兄さんで忙しそうだったのであまり詳しいことは聞けなかった。とりあえずもう少し考えてみよう。50円の玉ねぎ苗はまだあった。3つ。「お願い！」のメッセージも。

午後はえんどう豆とスナップえんどうの種まき。庭用のトレリスを畑に運んで地面に突き刺して、その足元に種を押し込む。薔薇（ばら）やクレマチスを誘引する道具だけど今回はえんどう豆を。

夕方、考えがまとまったのでホームセンターへ買いに行く。50円の玉ねぎ苗はもうなかった。ちょっとホッとする。模型などの精密作業用の「細工用のこ」というのを買った。

夕方、温泉に行ってリラックス。

11月5日（金）

今日は活動的な一日だった。

おいしいと評判の老夫婦が作る果物で、道の駅に出ていた紅妃（こうひ）というキウィがとてもおいしかったので今日も買いに行く。小さいのが10個ぐらい入って300円。3袋も買ってしまった。黄色くて中心部が赤く、甘くてほどよい酸味があり、私はこんなおいしいキウィは初めて、と思った。その御夫婦が育てた柿もあったので2袋買う。ぶどうもとてもおいしいそうだが、今年は私はあのとてもおいしい紫色のぶどうに夢中だったので買わなかった。

それからホームセンターでアルミワイヤーを買った。が、帰ってからサイズがもうひとまわり大きくてもいいかもと思い、もう一度大きいのを買いに行く。

そして、工作に必要な木の枝をどのようにして手に入れようかと考え。いつもの剪（せん）

定のおじさんにいらない木の枝をもらうのがいいかも！　と思いついた。

さっそく車に乗って聞きに行ったら、暖かい日差しの中、ちょうど家の前の道に出ておられたので、そのことを話す。すると、明日近所の家を剪定するからこれから見に行きますかと聞かれ、はいと答え、車を先導してもらってついていく。

明日剪定予定の庭を見る。もう全部切ってほしいと家主から頼まれているそう。希望の枝の太さを説明したら、持って行ってあげますよと剪定のおじさんが言ってくれた。「家主さんも喜ばれますよ。どうせ美化センターに捨てに行かなくてはいけないんだから」と。

木を切ったり穴を開けたりする方法をいろいろ考えていたら、セッセが手持ちの工具を持ってきて試しに使わせてくれた。木の枝の輪切りと、穴開け。輪切りは簡単にできることがわかったけど、やはり機械は怖いので人に頼もう。穴開けはそれほど怖くなく、これだったら工具を買って自分でできそう。

午後は畑に出て今日はさやえんどうの豆まき。またトレリスを3つ、庭から移動した。

前の道路で水道工事があってから、大きなトラックがスピードをあげて通る時に家が振動するようになった。最初、地震か火山の噴火だと思って地震速報を見たほどだった。しばらくして重いトラックがそこを通り過ぎる時の振動だとわかった。その部分がかまぼこ状に盛り上がっているからだ。セッセに聞いたら、やはりすごく揺れるという。いつか自分で直したいとまで言っていた。

私は水道局に一応電話してみようと思う。他にも同じように盛り上がりが強くて直してもらったという事例を聞いたことがあったから。

で、さっそく市役所の水道課に電話した。その盛り上がりは次第に下がっていくと思うけどそれがいつでどれくらいかはわからない、工事を担当した業者さんには伝えておく、ということだった。とりあえず報告したということで。

地震か噴火かと思うほど家がビーンと揺れるのは気になる。

11月6日（土）

小雨。

ポツポツ雨が降る中、スプーンを片手に畑で作業。水菜の芽が密になって出ていたので間引きをしなければいけないのだが、抜いてしまうのがもったいなくて、ついついチマチマと移植作業。根づかないかもしれないけどこの作業には夢中になってしまう。小さなスプーンを移植ごて代わりに使って。

前の体育館には、いつになく車がたくさん来ている。誘導の人が立っているほど。

しばらく夢中になってやっていたら、「こんにちは！　こんにちは！」という声がする。うん？　私に向かって言ってる？

見上げると、誘導のお兄さんが「なにしてるんですか～」と聞いてる。なので作業している内容を詳しく説明した。車も少なくなってヒマになったのだろう。

「今日は体育館で何をやってるんですか？」と聞いたら、ボクシングの大会だそう。直接打たずに寸止めするボクシングという。

「それはなんていう名前ですか？」と聞いたら知らないそう。あとからわざわざ人に聞いて教えてくれた。マスボクシングというのだった。雨が強くなってきたので急いで家に戻る。走りながらお兄さんに「じゃあ、がんばって」と声をかける。


木の輪切りをお願いしていた建具屋さんから「できましたよ」と電話があったので、午後、さっそく取りに行く。

箱の中に5ミリぐらいの厚さに切られた木の輪切りがたくさんできてる。

わお。輪切り、年輪好きの私にとって、それらは金貨のよう。

帰りにヨッシーさんちに寄って、それを見せてあれこれ語りあう。ヨッシーさんは先日のハーブ園にまた行って、ハーブをいろいろ買ってきて庭の鉢に植えたというので見せてもらった。チェリーセージ、大きなスミレみたいなの、いい匂いのハーブなど。小分けしてあちこちに植えていた。私もまた買いに行こうかなあ。ハーブ園のおじさんご夫婦にも会いたいし…。

帰りがけに今日剪定しているはずの家を見に行ったら、雨だからかやっていなかった。

ところで、「かるかん饅頭(まんじゅう)」をご存じでしょうか。

鹿児島の名物で山芋をすりおろして蒸して中にあんこを入れたお饅頭。うちの近所に昔からあるお菓子屋「まるき屋」さんでもかるかん饅頭を作っている。子供のころから食べているので見慣れた味と形。特別な思いはなかった。

それが先日、ヨッシーさんが「まるき屋さんのかるかん饅頭は全然違いますよ。手に持ってください。ずっしりと重くて、あれが本物のかるかん饅頭です」と言う。そして山に行った日に買ってきてくれた。山の上でおやつに食べようと思ったけど雨が降って来ておやつまでたどり着かなかったのでお土産にと帰りに手渡された。

それで、改めてじっくりとかみしめるように食べてみた。確かに知った味だけど、鹿児島空港などでたまに買うお土産のかるかん饅頭とは確かに違う。重くて、素朴で、本当に山芋を使っているのが感じられる。
そうか…。今まで、あまりに身近にありすぎて見過ごしていたのかもしれない。まるき屋さんでは昔ながらの製法にこだわっていらして、量産はせず、歳だからもう長くは作れないかも…なんておっしゃっていたそうだ。
お店も確か時々しか開いていない。で、車でブーッと行ってみた。旗が立ってたら開いてる。旗は、…あったあった。

小ぢんまりとした店内に入ると奥さんがいらした。

「かるかん饅頭はありますか？　ひとりなのでたくさんは食べられないんですけど…」と言ったら、「1個から大丈夫ですよ」とのことなので、かるかん饅頭3個と田の神さあ饅頭1個、レモンケーキ1個、棚にあった奄美大島産のザラメ2袋までも買ってしまった。

あたりまえすぎてそのよさに気づいていないものが身近にもっとたくさんあるのかもしれない。これからまわりを注意深く見てみよう。見るともなく。

肌寒かったので今年初めて薪ストーブを焚く。木がボーボー燃えていた。これは薪がたくさんいるな…と思った。

11月7日（日）

天気がいい。

午前中。週末はゆっくりしようと思いながらも、書きものの仕事をしようと準備していたら、剪定のおじさんから電話。これから木の枝を持ってきてくれるそう。いつものように朝早くからやったんだ。

家の前に出て待つ。来た来た。軽トラックにたくさんの枝が見える。トラックをガレージの中まで入れて、一緒に床に下ろす。かなりの量の枝だ。小山になってる。サクランボの木だという太い幹まである。乾燥させていたさつま芋を片づけたと思ったら今度は木の枝だ。でも木は好きなのでとてもうれしい。

11月8日（月）

今日は給湯ボイラーや貯水機の取り換え工事。先日来てもらった方だ。もうひとりあとから来られてふたりで作業している。

工事をお願いしているあいだ、歯医者へ。

歯のクリーニングが早めに終わったので、来週に予定していた治療方針のカウンセリングを今日行うことになった。現在の歯の状態を画像を見ながら説明していただく。

帰りにそれらをプリントアウトした30枚ものファイルをもらった。よく読んで、どうしたいかを考えておこう。というか、まあ、虫歯を治療して、噛み合わせや食いしばり対策のマウスピースを作って、右上の弱っている歯は経過観察、という流れかなあ。とにかくいろいろわかってよかった。

昼過ぎに工事が完了。今までよくわからずに使っていたので温度調節の仕組みなどを図に書いて説明してもらった。忘れないようにクリアファイルに取扱説明書とともに保存する。

家でグッズ用カードのこまごまとしたデザイン作業。明日から寒いという予報なので今日のうちにショウガを掘り上げよう。

小さいショウガの葉が花壇にふたつ。その中でも大きい方を掘り上げる。新ショウガ、できていた。ごく小ぶりなのが2個。うれしい。小さい方を掘るのはやめる。あまりにも小さかったので。

温泉へ行って、夜遅くまで作業の続き。

11月9日（火）

今日は藤井三冠と羽生九段の王将戦の対局。これは見たいと思ったので有料の将棋プレミアム会員に1カ月だけ入ることにした。

始まるまでに、昨日の工事の仕上がりをじっくり見ようと裏庭へ。なんかスッキリしたなあ～と満足げに眺めていて、あれっ？

あぁっ！

工事の邪魔だったのだろう。かなりの木の枝や葉がバッサリ刈られている。窓に届くように2年がかりで伸ばしていたレンギョウ、あまり好きじゃないけど南天の葉、グルグル巻きに形作っているモッコウバラの長いシュートの一部も。

おお。たぶん、ぼうぼうに伸びた雑木、雑草に見えたのだろう…。

びっくりした。残念。けど、まあいいか、とすぐに思い直す。かえってスッキリしていいか。

次に畑へ行ったら、まわりの木々の紅葉がきれいだったのでカメラを片手にそのまま散歩に出る。カエデの並木の葉が赤くなって落ちている。川原のススキとセイタカアワダチソウも秋らしく、小学校の杉とイチョウの並びもいい感じ。

ゆっくり散歩していたので、ハッとして急いで帰る。9時少し前に着いた。始まるのは10時。それまでに朝ごはんを作って食べよう。

将棋を見ながら、いろいろ。

「新ショウガの下にひねショウガといわれる種ショウガがあるはずなので取り忘れないように。食べられます」という情報を得た。ひねショウガ？　昨日、あったっけ？　なかった。だったらもっと下にあるはずだ。

さっそくスコップを手に花壇に向かう。昨日掘ったところをもう一度深く掘り起こした。おしろい花の茎があるので、それをよけて探していたら、大きな根っこみたいなのにぶつかった。大きいさつま芋みたいなのが縦になってる。20センチはありそう。それを引っこ抜いてみた。それはおしろい花の根だった。こんなに大きいんだ。

ひねショウガは…。深いところを手で探したら、あった。でもしわしわで食べられそうにない。私が植えたのはちゃんとした種ショウガではなく、普通にスーパーで売ってたショウガだったので何かが違うのかもしれない。

藤井三冠の勝利。羽生さんが藤井君に負けるところを見ると切ない気持ちになる。なのでちょっとしんみりとなった。藤井君の強さは今後、比較する対象のないものになっていきそう。

大人になってわかったこと。

被害者だと思っていた人が加害者で、加害者だと思っていた人が被害者だったのかもしれないということ。ものごとは複雑だ。

そしてもっともっと大人になってわかったこと。被害者も加害者もないということ。ものごとは重層的で多面的。深く入り込むほど違う模様が現れる。

11月10日（水）

今日は雨がポツポツ。

でも朝は虹が出ていた。ゴミ捨てに行った時、山の上にきれいに見えた。

終日、庭の本の細かい作業。時間を取ってじっくり取り組む。発売日が来年にのびたので少し余裕ができた。

夕方、温泉へ。

気温が下がったので浴場が寒い。うう〜。ぶるぶる。

熱い温泉に飛び込んでホッとする。先日ボイラーの修理があって、それ以来こっちの浴場のシャワーの水圧が本当に弱くなった。みんなブーブー言ってる。10日ごとに男女が入れ替わる方式なので明日からしばらくは大丈夫。

11月11日（木）

今日も雨で寒い。

今日も仕事。余白のあるところにイラストを入れたくて、小さいのをちょこちょこ描く。こういう作業は楽しい。

午後はスーパーへ買い出し。最近は畑でできる野菜だけでできるだけ賄うようにしている。なので畑で採れないものを買いに行く。玉子、鶏肉（とりにく）、豚肉、お刺身、ベーコン、厚揚げ、納豆、パスタ。

スーパーの行き帰りに、昨日見つけた面白い動画にインスパイアされていろいろなことを思いめぐらす。

夕方、温泉へ。最近ゆっくりと温泉に入っていなかったので体が温まった感じがしない。今日は時間を取ってゆっくり入る。1時間半は入っていた。温まった。

明日は竜王戦第4局。とても楽しみ。買い出しに行ったのはそのためでもあった。

11月12日（金）

将棋を見ている。でも夜中に目が覚めてしまい、今日は寝不足でぼんやり。

今、おととい発見した動画に夢中。声だけの動画で、その声、知性、ユーモアセンス、感性にグッときた。投稿数はまだ少なく、たまたまある件に関する考察を述べていたのだが楽しみが増えました。

11月13日（土）

竜王戦の続き。大事な対局なのでいつもより真剣に見てる。パソコンの前でこまごました作業をしながら。

ところで、昨日からメールが受信できなくなってしまったよう。なぜ？　送信はできるけど受信ができない。受信エラーがでる。困った。

いろいろ調べて、最後、プロバイダーに電話してみた。すると海外から何か問題のあるアタックがあったのでブロックされているとのこと。なので新しいパスワードを設定し直して無事に開通した。

難解な対局の末に藤井三冠が勝って、ついに竜王に。強さが増している。

11月14日(日)

パソコンからスマホにメールが転送されなくなっている。昨日の影響か。また問い合わせなければなあ。

今日はカーカたちに野菜を送った。「ほしい?」と聞いたら「ほしい」と言うので。畑に行って、あれこれ見ながらいいのを集める。一番大きい大根はカーカに、2番目のはサクに。青い大根と赤い大根、まだ小さい小かぶ、レタス、ちぢみ菜、バジル、など。それらをきれいに洗って、整える。前に掘り起こしたさつま芋と里芋。唐辛子も。ひとつひとつ紙に包んで。あれこれ詰めるのにとても時間がかかった。3時間はかかった。とても疲れた。それをコンビニに出しに行って、帰って来てから読書。そして温泉。ゆっくり入った。

11月15日(月)

9月に野菜の種売り場でみつけた、手で皮がむける甘いかぶという「もものすけ」。

どんなものか興味を持ったので種を買って植えてみた。すると、芽が出たのかわからないけど、数日たってもひとつの芽も見えない。もしかするとナメクジに食べられてしまったのかもしれない。同時にまいた小松菜の芽は出ている。一袋全部まいて、結局ひとつの芽も育たなかった。釈然としないままあきらめた。

それから2ヵ月ほどたった今日、道の駅に大きな「もものすけ」が販売されていた。直径8センチぐらいある。すごい。これか～。立派だなあ。手で皮がむけると書いてある。これだ。さっそく味を確かめるために購入してみた。

家に帰ってすぐに切って、ひと口味見する。ああ。確かに甘い…というかぼんやりした甘さ。皮は手でむけるのかな。くし切りにして、皮を、むく。厚めにむいたら確かにむけた。なるほどね。

でも、この甘味は…なんというか、中途半端。あんまり好きな味ではない。かぶ自体もシャキッとみずみずしい、というよりふんわりしている。

今日は歯医者に行って、最後のクリーニングとこれからの治療計画の相談をした。まず虫歯を治療してから嚙みしめ&歯ぎしり防止のマウスピースを作ることに。弱ってる右上は痛みが出るまで経過観察。

夜寝ている時に歯を強く嚙みしめている自覚があるので、なぜ嚙みしめや歯ぎしりをするのかと聞いてみたところ、哺乳類はみんなするとのこと。ストレスの解消でもあるそう。


いい天気で暑いほど。陽が射せば暑く、曇ると寒いこの頃。

天然ものというむかごを買ったので、むかごの炊き込みご飯を作る。しかしむかごが大きすぎた。小さい粒の方を買えばよかったんだけど、大きいのが珍しくてつい。

11月16日（火）

将棋をチラチラ見ながらこまごまとした作業。

ピンポーンと誰かが来たので出ると、見知らぬおじいさん。となりの町の剪定の方だそう。木がのびているので上を止めた方がいいとおっしゃる。そしてグイッと庭に入って来て、ズンズン歩きながらこれがどうとかあれがどうとか安くしますよとか矢継ぎ早に言うので頭がぼーっとなってきて、思わず頼もうか…と思ったけど、どうにか踏みとどまって、考えて電話します、と答える。

その方が帰ってから、よく考えると私にはなじみの造園一家と剪定のノロさんがいることを思い出した。大きな木は造園一家、ちょこっとしたことをすぐに頼みたいときはノロさん。心がもやもやしたので造園一家のお父さんに電話して、大きな木のことを聞いてみた。そろそろ上を切る時期かどうか。すると、今からすぐに見に来てくれると言う。

軽トラックがブーッと来た。見てもらって、これとこれは上を切っていいかも、一葉の木は虫が発生しているから消毒した方がいいですね、今すぐ流行っていて放っとくと枯れますよとのこと。消毒を頼むことにした。大きな方の木は、年明けにでも剪定しましょうかということに。

カボスがたくさん生ったので好きなだけ持って行ってくださいと言われて、軽トラの荷台のケースの中のたくさんのカボスから5個ぐらいつかむと、もっといいですよと言われて12個ぐらいもらった。柚子のように大きい。これはとてもうれしい。

あとで、突然売り込みに来る剪定屋さんに頼んで問題が起こるというケースがあると知って、改めてなじみの人の大切さを感じた。信頼は長い時間によって培われる。わかっているはずなのに、気をゆるめるとスッと付け入られることがある。気をつけよう。

11月17日（水）

いい天気。

午前中は畑で種まき。ゴボウとほうれん草を少し。もうあまりまく場所がないから隅っこにちょこちょこと。来週からグッと気温が下がるという予報なので今のうちにやれることはやっておこう。

温泉の駐車場のイチョウがすごく黄色くなった。あっというまに平地に紅葉がおりてきてる。

私の庭のモミジもきれいだ。以前、庭にモミジを2本植えていたけどどちらもテッポウムシの被害にあって枯れてしまった。今あるのはフェンスギリギリにいつのまにか生えてきたモミジ。これは大事に育てたい。

11月18日（木）

近場の紅葉がきれいそうなので、ヨッシーさんに紅葉を見に行きませんか？　とラインしたけど返事がなかったのであきらめて畑で作業を始める。

そしたら、しばらくしてブーッと車が来て、ヨッシーさんだった。出先で見て、連絡したけど返事がないから畑かもと思って寄ってくれたらしい。で、ちょっと用事があるそうなのでそれを済ませてから行こうということになった。

家にいたら迎えに来てくれた。

ドライブして真幸駅に行く。ヒマラヤ杉の紅葉がとてもきれい。知らなかったけど、去年の豪雨でこの駅を通る肥薩線が被害を受けて運休していて復旧の見通しが立っていないのだそう。ええっ！　と驚いた。春にサクと来て満開のシャクナゲの前で写真を撮ったのを思い出す。

残念。どうなるのだろう。

それから周囲の里山の秋景色を見ながら、ところどころで止まって写真を撮る。イチョウと田の神さあ、屋根にからむ蔦の葉、蕎麦のきれいな赤い茎。菊や大きな黄色い花があちらこちらに咲いていた。

曇っているので空は灰色。少し寒々しい。

今日はあまり時間がなかったので、近いうちにゆっくりこのあたりの秋景色をドライブしましょう、と約束して家に帰る。

秋が急速に過ぎていく感じ。

8/12 スイカがピキッと割れていた

8/4「愛情が見えます」と言われた野菜た

8/20 右は小さな玉ねぎみたいな形の唐辛子

8/16 ひとつの花だけが咲いてい

8/22 読者で、陶芸家の方に、絵付けをさせてもらったお皿が届いた

8/29 ガレージ前を高圧洗浄くるくるくる…

8/26 つるまる温泉で会った猫

8/31 道具類を洗って干した

8/30 スイートバジルでバジルソースを作った

9/8 野菜室を開けたら、鮮やか！

9/5 栗の渋皮煮を作りました

9/15 銀杏がいっぱい

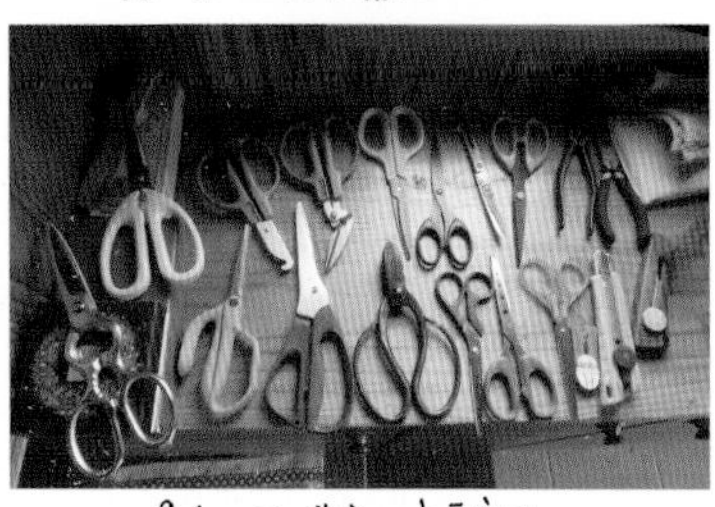

9/12 ハサミのトラウマ

9/20 サクとえびの岳へ山登り

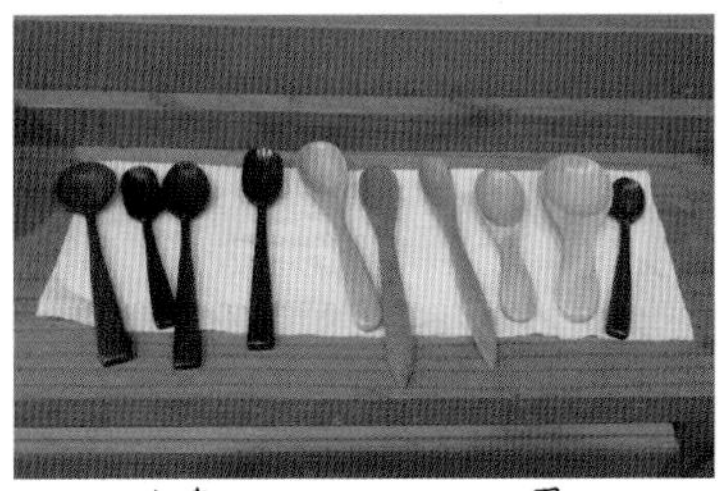

木製スプーンいろいろ買う

前傾姿勢の石像

10/4 堤防の草刈り

9/17 プチトマトのヘタを取って洗

9/23 階段作り

9/25 さつま芋掘り. たくさんとれました

芝生をはうように熱心に.

10/12 センブリの花

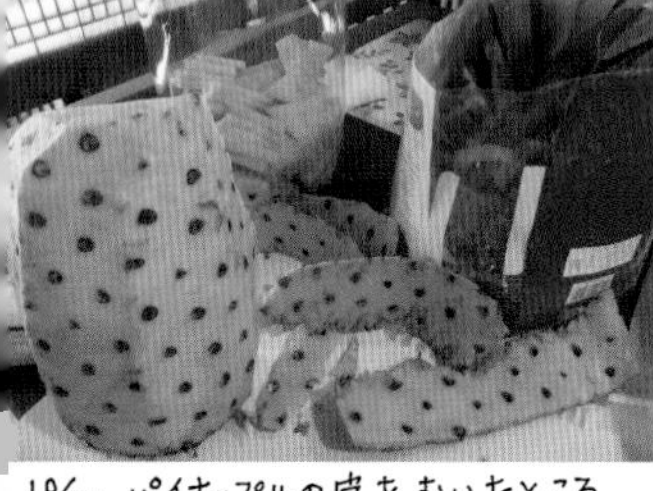

10/17 パイナップルの皮をむいたところ

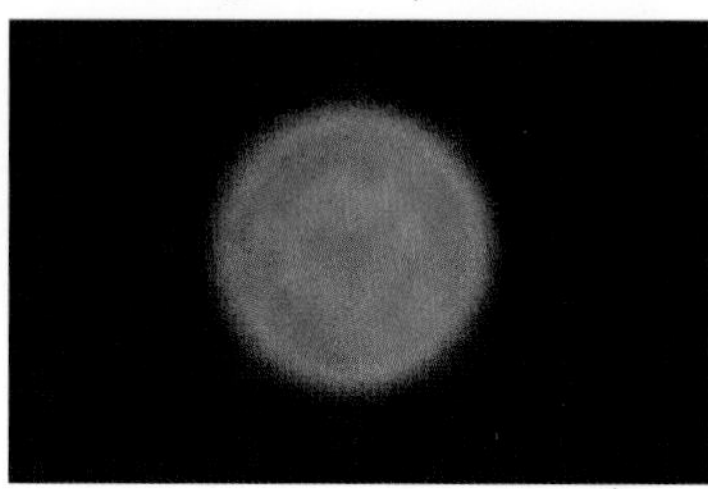

10/15 木星. 不思議なもわもわ感.

10/24 白鳥山での天空ヨガ. 手足を空へ…

右上にうっすら見える桜島に向かって深呼吸

10/30 柿を食べて皮を折り曲げたところ

プリンのような形の岩

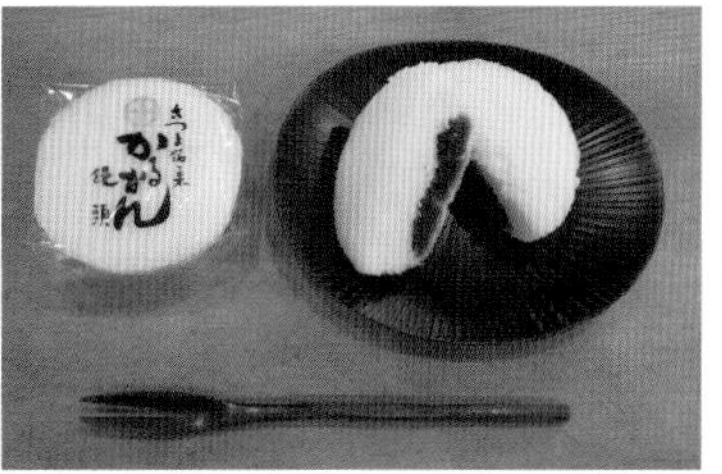

11/6 かるかんまんじゅう

11/2 トイレのメモ 2枚

1/20 わずかな土の部分にもぐらがすごいそう

11/7 木の枝をたくさんいただく

11/25 ジョウビタキ

11/21 干し柿. 天気のいい日は、つるして

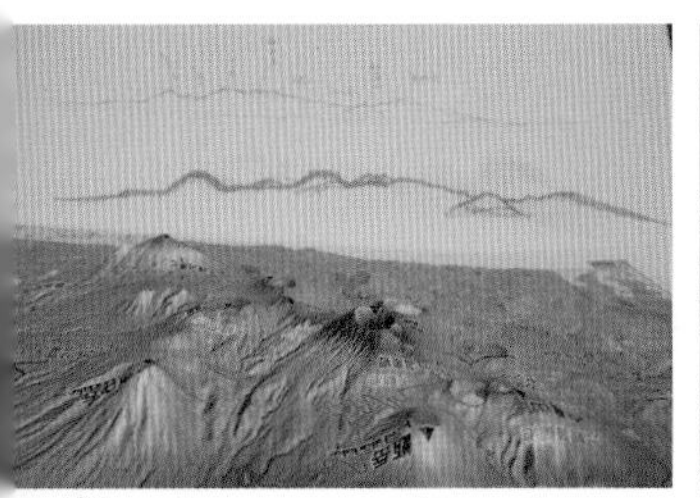

11/29 3Dマップとスケッチ画

11/26 おとぎ話のような庭

カードラックを作りました

12/3 イヤリング

12/12 干し柿完成

12/7 こっちを見ていた猫

12/14 さざんか（2月になっても咲いていた）

赤や黄色の落ち葉たち

12/18 ハートの木が切られた

12/17 むぎゅ〜

12/25 スズメが2羽、日向ぼっこ

12/23 寝ている

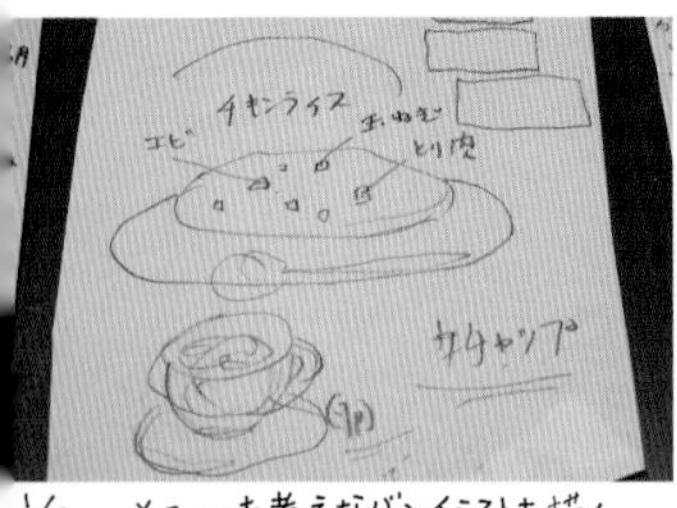

1/9 メニューを考えながらイラストを描く

12/28 シモバシラに霜柱

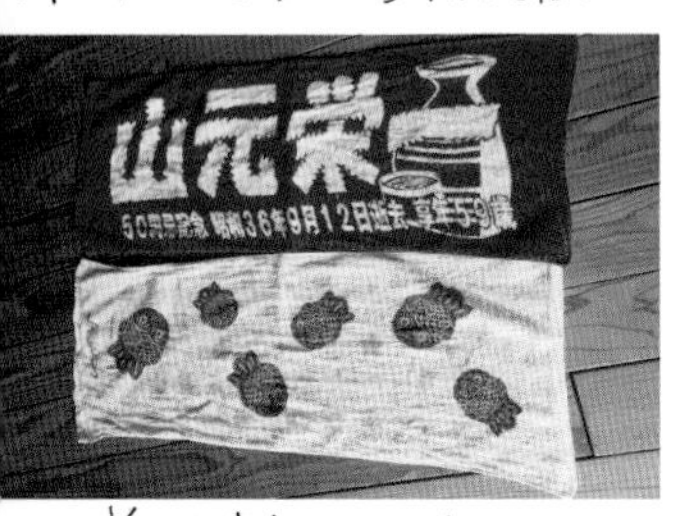

1/13 サウナの タオルセット

これが実際に作ったチキンライス

1/18 充電ケーブル、飴ちゃん

1/15 書店さんへのサイン色紙を書く

1/22 これは天ぷらうどんじゃない…

1/21 ジャノヒゲの青い実、きれい

11月19日（金）

今日は昨日と違っていい天気。青い空だ。天気がいいとやはり気分が違う。

朝、造園屋さんから電話が来て、これから一葉の消毒をしてくれるそう。

駐車場の扉を開けて、ウロウロ畑を見たりしながら待っていたら、来てくれた。

庭を横断できるほどの長いホースでシャーッと消毒液を掛ける。すると木からツー

ッと糸が降りてきてその先で毛虫が動いている。

これか。たくさんの糸がぶらさがってる。テキパキと作業を終えた造園一家は、次の消毒の現場へと去って行った。

あの変なおじいさんが来たおかげで木が守られた。「いいこともありましたね」と。ホントホント。

11月20日（土）

終日、王将戦を観戦しながらラインスタンプ作り。

夕方6時。温泉から帰った時、今日は満月で月食が今、見えているというニュース。そうだった。2階にあがって窓から空を見る。月はどこ？　見えない。東の方とか言っていたなあ。靴下のままでバルコニーにそっと出て、ぐるっと東の方を見てみた。ぼんやりとしたオレンジ色に不気味に色づいた月があった。

あれか。不思議な色だ。

右下だけが細く白色になっている。そこが月の地の色ということか。写真を撮ろうと下に降りて、カメラと双眼鏡を持ってくる。双眼鏡で見るのもおもしろい。しばらく写真を撮って、もういいかと家に入る。

いい天気。

あまりにもいい天気なので家の中にじっとしていられない。昨日の夜、干し柿の作り方と干し芋の作り方の動画を見て、どうしても作りたくてたまらなくなった。干し柿は好きじゃないけど、もしかすると自分で作ったのは好きかもしれないと思ったからだ。最近、味を追求している私。早く作りたい。どこかで渋柿を見つけた時に採ってこようか…。もしかすると道の駅にあるかも。

そう思ったのですぐに車に乗って行ってみた。

すると、この秋から夢中になっている果物作り名人「ヒガシ老夫婦」の渋柿が箱で売っていた。ひと箱だけ。なんと！　すぐに箱を抱える。すごく大きな柿だ。それ以外にもヒガシさんの「香緑」というキウイと富有柿があったのでそれも買った。それから山芋ステーキの話を昨日の温泉でしていたのでそれを作ろうとつくね芋を一袋。

行きがけ、コンクリートの庭のヨッシーさんが太陽に照らされながらちょこまかと庭で洗濯物を干しているのが道路から見えたので、帰りに寄ってみた。

干し柿用のヒガシさんの柿は私には数が多すぎたので少し分ける。

それから、昨日、ヘチマたわしの動画も見て、急に皿洗い用にほしくなり、来年、種から育てようかな…と思ったりしていたら、そうだ！　ヨッシーさんちの大きな椿の木にたくさんのヘチマがぶら下がっていてこのあいだ食べるために小さいのをもらったんだった。もし余っていたらたわし用にもらおうと思って、そう言った。で、一緒に裏庭にヘチマを見に行く。木の上から大きいのがぶらさがっていたけどまだ青々していたので「枯れたらちょうだい」と予約した。他にも枯れて半分腐っているみたいなのがあったので、それを高枝切りバサミで採ってくれて、腐ってない半分を切って分けてくれた。もうカラカラに乾いていた。

庭の鉢の花と小菜園の野菜を見せてもらう。また先日のハーブ園に行ってハーブを買ってきて植えたと言うので、それも見る。いつ見てもかわいいコンクリートの庭。コンクリートで覆われた庭の中のコンクリートで覆われた花壇に、等間隔に埋め込まれた植木鉢には木や花が脈絡なく植えこまれている。私にはそれがクールなアート作品に見えるのでこの庭を見るたびに心が躍る。あまたあるおしゃれガーデニング本に鉄槌を下すようなこの感性。「植え込みを素敵に見せるコツ」なんてくそくらえ、と言わんばかりの有無を言わせぬオリジナリティにバンザイ。

さて、家に帰ってさっそくヘチマを切り分けて水に浸ける。使うのが楽しみ。

今日は21日の日曜日だと勘違いしていた。20日の土曜日だった。1日得した気分。

夜は、リクエストされた「大きな文字のラインスタンプ」を完成させる。途中までカーカに手伝ってもらったもの。何度かエラーが出たりしながら、無事に申請できた。

11月21日（日）

お昼ごろまで天気がよかった。そのあとは曇り。

さつま芋をふかして干し芋を、渋柿を剝いて干し柿を仕込む。どちらも干しカゴに入れて外につるした。明日は雨の予報だったので夕方からガレージに取り込む。

柿を吊るすのにずっと倉庫に置いてあった細い針金を使ったんだけど、アルミワイヤーを使えばよかったなあ。その方が曲げ伸ばしの作業がしやすかったのに。もう使うことがないかも、というケチ臭い気持ちから針金にしてしまった。作業中、チクチクと指に刺さって痛かった。

将棋のJT杯。

藤井竜王と豊島九段の対戦。持ち時間15分の早指しで、豊島九段が勝った。

ううむ。でも、たまには負けた方が安心する。ガス抜きというかね。

最近、ネットフリックスのB級ミステリー映画を立て続けに見ている。最初からB級と思って見るのではなく、解説を読んでちょっと面白そうだと思い、見終わって、あ、B級だったとわかるという流れ。知らない役者しか出ていない映画は要注意。

11月22日（月）

朝からシトシトとした雨。

明日からグッと寒くなるという予報だが、今日はそれほど寒くない。

午後、馬場さんの紹介で都城（みやこのじょう）の印刷業者さんとポストカードの打ち合わせ。紙以外にもいろいろなものに印刷されているそうで、いつか会社に見に行きたい。

温泉の浴場も寒くなった。天井が高いせいだ。じっくりと温まらないと湯冷めしそう。帰りに脱衣所で服を着ようとしたら、いつものお風呂（ふろ）帰り用の綿の円筒形のスカートと間違えてパジャマのズボンを持ってきていた。「あら〜」と笑いながら、ドライヤーを当てていた水玉さんに報告する。「たまにいるよ」と言っていた。同じ場所にしまっているから間違えてしまった。そのお風呂帰り専用の服は、ゆったりとしていてすぐにサッと着られて、汗をかいていても気持ち悪くない。

夜はチキン南蛮。買ってきたタレを使って。やわらかくおいしくできた。

私のお風呂帰り用の服

20年ぐらい前に
買った
オーガニック綿の服

いつも これ

11月23日（火）

午前中、日が射していたので、昨日ガレージに避難させていた干し柿を日の当たる洗たく物干し場に移す。

畑に朝の見回りへ。キャベツに青虫がいないかじっくり見る。最近、青虫を捕まえることができるようになった。見つけたら草っぱらの方へ移動させる。以前は青虫を見ないようにするためにキャベツをよく見ていなかった。

レタスや水菜、大根もじっと見ていろいろ考える。大根は細いながらも10本以上育ってる。どういうふうに食べようか。

続いて庭へ。冬になったら中低木の剪定をゆっくりする予定だ。ドウダンツツジの紅葉がきれい。

家に入ったら、最近見ないと思っていた猫がのっしのっしと歩いていくのが窓から見えた。私が見てないだけだったのだ。お散歩の定番ルートなのだろう。首輪が黄色い。赤い首輪の猫とはまた別の猫だろうか。灰色で黒いまだら模様のあるでっかい猫だった。

午後。寒く、空も曇ってきた。

昨日のサウナで山の中にある木工の工房のフェアが今日までと聞いたので、場所が定かではなかったけど出かける。廃校になっていた小学校の分校を使ってアトリエにしているという。一度、迷ったかもしれないと思って地図を確認して、どうにか無事にたどり着いた。

小さな廃校の大きな空間に所せましと置かれた木製品の数々。木が好きな私にはここは宝探しのできる無人島のように見える。奥様がところどころ説明をしてくださって、ゆっくりと回って歩く。どれもこれも気になる。とりあえず気になったものに触れたりしたけど、今日はすべてを見つくせない。何時間もかけてじっくりと見てみたいと思った。黒柿の木の板に特に目が惹きつけられた。灰色と黒の渋い色合い。建築工芸家のご主人ともすこしお話をした。帰り際に、奥様は馬場さんから私の話を聞いていて、名前をご存じだったということが偶然にわかって驚いた。

またゆっくり見に来ますと伝える。

好きな木の世界に足を踏み入れたので興奮した。

その興奮のままにコンビニでロールケーキを買って、帰ってからお茶しようといそいそと車を走らせる。すると、大きな虹が見えた。

おお。これはきれい。虹の写真を撮ろうと思い、よく見えそうな橋のたもとに向かう。雨がぱらついて、とても寒い。

車も人もめったに通らない橋のたもとに、道路の誘導のおじさんがひとり、立ってらした。路肩に車を止めたら、おじさんが不思議そうにこっちを見ている。

カメラを持ち上げて、「ちょっと虹を撮ってもいいですか?」と聞いたら、「ああ。いいよいいよ～」と気さく。

おじさん「よく虹が出るよ。ここ。午後3時ぐらいかな。よく見えるのは」

私「そうですか。…あれ、さっきの方が、濃かったですね」

おじさん「そうだねえ。はっきりしてたね。二重にみえてたよ」

私「そうだったんですか。右側のたもとの方が色が濃いですね。橋を囲むようにぐるっとでてる…」

おじさん「レインボーブリッジだ」

私「ホントだ」

撮り終えたので車に乗り込んで、バックしてUターンする。

おじさん「虹を見たからいいことあるよ〜」

私「お互いにね〜」

おじさん「気をつけてね〜」

私「はーい」

やさしいおじさんと語り合って気分がほっこりした。いいことあるよ、なんてふっと口から出るなんて、いい人だ。

にじの
下の方がよくみえた

にじ

そんないい気分で帰って来て、玄関の戸をガラッと開けたら、玄関脇の小さな花壇、モッコウバラがそこから生えている花壇に、あのでっかい灰色の猫がお昼寝していたようで、その「ガラッ」にびっくりして大慌てで逃げようとして、壁と鉄の格子のすきまに頭を突っ込んだけど体が入らずに猛烈にバタバタして、いったん引っこ抜いて

左の方から逃げて行ったけど、そこまで驚くかな。

猫の驚き具合に驚く。

11月24日（水）

悪夢を見て、うなりながら目覚める。ああ～、怖い夢というよりも小粒の変な夢だった。嫌な気持ちだ。ううっ。ううっ。

でも夢だったので本当によかった。

寒い。

今日も薄曇り。外に出る気がしない。今日は将棋を見る日。

干し柿を作ってからずっと天気がよくない。カビが生えなければいいが。屋根の下に取り込んでいた重い干しカゴを風の当たる方へ吊り下げ直す。

午前中は、紙紐や革紐などの紐類をさかんに調べ、数種類注文した。クラフト用の素材を買うのは大好き。前にビーズもたくさん買ったなあ。

窓の外を、今日は若い三毛猫が右から左へとのんきに歩いて行った。ここは猫たちの安全な通り道らしい。

11月25日（木）

今日は晴れて日中は暖かかった。
歯医者に虫歯の治療に行き、午後は髪をカットする。7カ月ぶりにカットした。いつものように結べるギリギリの長さまで切る。これでスッキリ。楽ちん。

温泉に行って、サウナでゆっくりする。ふたつある湯船のぬるいの方のお湯の温度がぬるすぎるそうで「あたたまらないわ」と困ってる方がいらした。もうひとつは常に熱め。最近、お湯の温度が不安定なのは急に寒くなったからだろうか。

年上の人から、「〇〇歳（10の倍数）になったらガタッとくるよ」というような呪いの言葉を、過去、何度聞いたことか。40歳になったら…、50歳になったら…、60歳になったら…、このあいだも、70歳になったら…という人がいたので、またかと思った。それを言わないで、と思うよ。言われてもどうしようもないじゃん。不安な気分になるだけで。

今日、庭の桂（かつら）の木のところに鳥がとまってキョロキョロしていた。かわいい姿。調べたらジョウビタキ。オレンジ色のお腹、白い模様、まあるいお目々。

11月26日（金）

ああ…。昨日の夜中のことですよ。

1時半ごろに目が覚めて、眠れなくなった。お腹が空（す）いている。しばらく動画を聞きながらじっと我慢していたけどお腹はますます空いていく。なおも動画を聞き続け、眠ることもできないまま、4時になる。

ついにあきらめてガバッと飛び起き、台所へ。

牛タンがあったので食べやすい大きさに切ってフライパンで焼く。塩コショウをふって、タン塩だ。立ったままご飯を片手に焼肉バイキング。少しお腹がおさまった。次に、ちょうど揚げ物の油があったので菊芋を薄くスライスして菊芋チップスを作る。私は菊芋が大好き。塩コショウを振りかけておいしくいただく。

やっとお腹いっぱいになり、眠りにつく。

あまり長く眠ることはできなかった。7時半ごろに起きる。今日は個人的な「晩秋の里山めぐりとランチツアー」の日。参加者2名。ヨッシーさんと私。それもあって緊張していたのかも。

10時に車でお迎えに行く。干し柿の様子や菜園を見せてもらい、りんごと柚子とムべと寒冷紗2メートルをいただく。私は果物名人の作った「香緑」というまだ堅いキウイを1個あげた。

出発してしばらくしたらヨッシーさんが「水を忘れた」というので引き返す。いつも飲んでいる水でなければというので。私にも1本くれた。

晩秋の里山といえば…、と考え、ツツジの里と呼ばれている地域があるのでそこに行くことにした。途中、めがね橋、太鼓橋という橋を見る。今日は晴れて暖かいけど日陰に入るととたんに寒くなる。寒いと感じるたびに、いそいで車に引き返す。

ちょっと道に迷いながら気ままに進む。

山の中の細い道を進んでいたらイチョウの葉が一面に散っているかわいらしい庭を見つけた。木立の足元にマリーゴールドや水仙が等間隔に植え付けられていておとぎ話の世界のよう。イチョウの葉が黄色で、マリーゴールドがオレンジ色で、緑色の彼岸花の葉があいだに点々と並んでいて、そこに太陽のひかりが射していて。

目的の村を、寒いので車の中から眺めながらゆっくり通る。草原の草紅葉や畑の葉野菜もきれい。

ヨッシーさんの散歩コースという堤防も通って、そこから見ることのできるさまざまなものを教えてもらった。霧島連山、矢岳高原、ループ橋、菅原神社、など。

どこから見る霧島連山がいちばん好きか、というのを私は今研究中なので、いろんな場所から写真を撮った。

そして遅いお昼。民家カフェでランチ。私は「いもこ豚ミートソースのドリア」にした。薪ストーブがあたたかい。食後、ストーブの前でシェフ夫婦と立ち話。銅のヤカンのことから始まってメルカリあるある話。

家に帰って、しばらく昼寝。今日もたくさんのことがインプットされたので思考の整理が私は必要。

起きて、温泉へ。

サウナに入ったら、「今日は水風呂がすごく冷たいよ」とみんなが言う。どれどれと入ったら、本当に肌が切れるほど冷たい。昨日までとは全く違う。数秒いるだけで足がジンジンしてくる。この水は井戸水だと聞いていたので冬はわりとあたたかいはず。なのにまるで春の雪解け水のような冷たさだ。裂罅水という言葉も浮かんできた。冷蔵庫でキンキンに冷やした水のよう…。サウナの熱気が一気に冷める。

それもいいか。

11月27日（土）

来月は本づくりの仕事をする予定なので今日から4日間はのんびり過ごす予定。

天気もよくていい気持ち。

そのせいか、朝の台所でいそいそとシンクまわりを片づけ始める。ステンレス部分を磨いて、炊飯器を掃除している自分に気づく。上蓋（うわぶた）の付け根にある蒸気受けを長いこと掃除していなかったのできれいに洗った。

ヨッシーさんが昨日、ベストを私の車に忘れてたので持って行く。留守だったので庭の物干し竿（ざお）によ～く太陽が当たるように広げて干しておいた。

じゃがいもを掘り上げる。うーん。少ししかできていなかった。場所が悪かったのかも。

大きな文字のラインスタンプ、時間がかかったけ

ありがとう

120%に拡大した図。

どやっとできあがった。その中の「ありがとう」にぺこりと頭を下げるイラストがあるんだけど、その隣に小さなイラストがある。2ミリぐらいの。うん？　これは何だろうと思って、じっと見たけどわからない。よくよく見ると、たぶん小さな小さな人が正面を向いて頭を下げている図だ。イラスト原稿を描いた時に、あまりにも小さすぎたので改めて隣に大きく描いたんだけど、その小さな方もうっかりそのままスタンプにしてしまったんだ！

11月28日（日）

のんびりデイ。

昨日、初霜が降りたので今日はじゃがいもの最後の2つを掘り上げた。こちらも小ぶりで少しだけできてる。

午後は読書。そして温泉。夜は映画、途中まで。

そうそう。温泉の水風呂が冷たくなった理由が分かった。近くの川で工事をしているのでそれが終わるまで井戸水が使えず水道水を使っているのだそう。今日も足が切れそうな冷たさだった。数秒入ってると足をキリで100カ所も突かれてるような痛さ。

11月29日（月）

道の駅に行ってグッズの整理。

いろいろ考えたけど、グッズを作るのは大変だと思った。簡単にはできない。それ一本に人生をかけるぐらいの熱意でやって、それでも成功するかどうかという難しい世界だ。結局ポストカードを中心にシンプルにいこうと思う。なじみの紙物で。

来年の春を目途にそれに合わせた陳列台が欲しいと思い、木製のポストカードラックをネットで調べたけどなかなかいいのがない。う〜ん。家具職人のオーダーメイドというのがあったけどそれは高価だった。そこまで本格的じゃないしなあ。

ずっと考え続け、自分で作ろうか、と思い立つ。

さっそくホームセンターへ。

板を見る。ぐるっと回って、よさそうなのを見つけた。軽くて工作しやすそうなやつ。とりあえず大きな板と小さな細長い板を10枚買った。

午後はいい天気。大根を2本収穫する。

そして読書。いつのまにかウトウト昼寝。向かいの小学校から下校する生徒たちの声が聞こえる。笑い声、話し声。なんだか楽しそう。平和な気持ち。あたたかい。懐

うーむ
こっちかな…

かしい。

今日、道の駅で霧島連山の3Dマップを買った。それをあっちこっちの角度からじっくり眺めて、私の家のあたりから見える角度を探す。

こっちかなあ。この辺だな。

スケッチブックに山の稜線（りょうせん）のスケッチをいくつか描いていたので、それとも照らし合わせる。近頃この山々を妙に好きになったので飽きずに眺める。私が好きなのは、プリンの形の甑岳（こしきだけ）、最近初めて登って好きになった白鳥山、ご飯をひっくり返したような飯盛山（いいもりやま）。

11月30日（火）

11月最後の日。細かい事務作業を根を詰めてやる。

木工用ボンドが少なくなったので買いに行ったら、グルーガンを見つけた。こっちの方がいいかもと思い、それを買う。

明日（あした）から12月かあ。

私の今の暮らしは、家と庭と畑という3種類の空間を行ったり来たり。そうしながら心の中ではさまざまなことを考えている。思いは遥か彼方まで、時間も場所も超えていく。これからもこの暮らしを続けたい。同じことの繰り返しのように見えるけど、中身は毎日違う。日々、新しいことが起こっている。それらをひとつひとつ、やっていこう。目の前のことだけを考えて、手の届くことをひとつひとつやっていこう。そうやっていると静かな安心を得られる。静かな満足感と充実感を得られる。続けていくことが私を穏やかな気持ちにさせてくれる。

好きなことを続けることは、こんなにもやりがいがあって楽しい。続けたいことがあるということが幸せだと思う。

グルーガンでポストカードラックの続きを作り始めたら、グルーガンでは難しいということがわかった。なにしろ10~15秒の間にくっつけなければならないというから。そんなに短時間に板を正しい場所にピタッと置くことはできない。なのでやっぱりボンドを買いに行く。強力なのを買った。

夜。ラックの続きを作る。強力なボンドでやったらけっこういい感じにできた。細かいところの続きはまた明日。

お風呂帰りに見上げた空の月と星

12月1日（水）

今日から12月。今月はごはんの本の原稿を書き上げる予定。

寒いので外に出る気にならない。

ラックの細かい部分を仕上げる。板を切って、ボンドで貼りつけて。

温泉のサウナでは、知らないあいだにツツガムシに刺されていて死にそうになったという野菜作りに詳しいおばあさんの話をじっくりと聞いた。高熱が出て、足の下からしびれてきて、息ができなくなって…と、とても緊迫感があった。あと1日遅かったら死んでいたと言われたそう。今はとても元気に回復されていた。顕微鏡で見せられたというツツガムシは手足が四方に伸びていて気持ち悪かったとのこと。

12月2日（木）

カードラックの板を買い増しに行く。今度はテーブルに載せる小さな置き台を作る。思っていた大きさの板がなかったので板売り場でしばらく考え込む。そして、予定の半分の大きさの板で作ることにした。そうしたらかえってその方が作りやすくて持ち運びも便利だということに気づいた。なにごともガッカリするのはまだ早い。

夜。将棋の順位戦を見ていたら、ウトウトしているあいだに劣勢が逆転していて勝勢になっていた。ああ〜、逆転するところを見逃した。そこがいちばんいいところなのに。午前中からなんとなく押され気味で、ずっとジリジリと追い詰められていて、それが夜中の12時ごろになって突然、だったのに。

12月3日（金）

今日もホームセンターに行って板を買う。昨日の大きさの台をもうひとつ作りたい。ほかには、洗濯をしたり干し柿を揉んだり。

畑に行ってカブなどを収穫する。天気がよかったのでそのままふらふらと歩いて、カエデの並木の写真を撮る。下から見上げたら、ウニのような実がたくさんぶらさがっていてかわいい。熱心に撮っていたら、草の管理をされているおじちゃんが近づいてきたので、「この木の実がかわいいので写真を撮ってます」と説明する。おじちゃんも見上げて、「ほー、かわいいねえ。ここにつけたらいいねえ」とイヤリングのジェスチャーをしている。しばらくおじちゃんと立ち話。

それから川の方へと歩く。ここから見える山の景色が好き…という川沿いのボロボロの空き家があるので、その前に立って、もしも私がここに家を建てるなら、土盛りをしてコンパクトな2階建てにして、2階を山に向かって一面ガラス張りにして、そこからいつも山を眺める…と今まで何度も繰り返した妄想にふける。

7月からお酒を飲んでいなかったけど、ふと、また飲もうかなと思い、シャンパンを6本注文したのが届いた。それを飲もうとした直前、わき腹が急に痛くなった。その痛さは、マラソンを始めてわき腹が痛くなるのと同じ痛さだった。そしてたぶん原因も想像できる。この秋、私は炭酸水に凝っていて、味比べをしようと4種類、4ケース注文した。そのうち強炭酸が2種類。それらを毎日何本も飲んでいたのでそのせいかもと思う。ガスがたまっているのだ。ガスが出たらおさまった。なのでシャンパンもゆっくり味わう気分ではなくなって、どうにか2杯だけ飲む。

12月4日（土）

天気はいいけど風が強い。

さつま芋をしまっていた段ボールをふと開けたらかび臭い。しまった！　腐ってしまったか。シートを広げてぜんぶ並べて点検した。上の方のいくつかは乾燥が足りなかったのか、一部がしわしわになったり腐ったりしていた。

ひどいのは捨てて、残りは紙に包んだままリビングに並べて干す。どうにかこれで保存できればいいが。

いつも行く温泉の駐車場の片隅に小さなレモンの木があって、12個ほど実が生っている。それを夏ごろから見ていて、黄色くなったらみんなで1個ずつもらいましょうかと受付のAちゃんが言ってくれたので楽しみに待っていた。そして近ごろだんだん黄色くなってきたのでそろそろかなあと思って何度も「そろそろですね」と声をかけていたら、「明日、とりましょうか」とおととい言われたので、昨日、私はハサミと袋を持っていそいそと行った。そしたら、受付にたくさんのお客さんがいてその対応に忙しそうだった。なので声をかけられず、お風呂に向かった。先月から泊り客が増えて、てんやわんやなのだ。

サウナに水玉さんがいて、「昨日、レモンどうした？」と聞かれたので、「実はお客さんがたくさんで声をかけられなかったの。ハサミまで持って来たのに。そしてその時、急にしゅる〜んと気持ちがさめて、もういいやと思ったの」と答える。

レモンに関しては夏からずっと楽しみに話題にしていたので思いがパンパンに膨らんでいたのだ。もうこちらから期待したり、声をかけることはすまい。向こうから言われたらありがたくいただこう…。

12月5日（日）

朝寝坊した。

長くておもしろい夢を見たので、ベッドの中でしばらくその夢を反芻する。ああなって、こうなって、こういう人がでてきてこういう会話を交わして…。でも思い出すそばから記憶が消えていく。あっという間にとぎれとぎれになった。


天気がよくて風もない。

日曜日といっても特になにも変わらない。


買い物に行こう。食料が尽きた。野菜は畑にあるから、お肉やお魚を。

しゃぶしゃぶ用の豚肉。ぶりのお刺身。最近凝ってる牡蠣をカゴに入れる。

小さなイカと鍋用あんこうがおいしそうだったけどお刺身を買ったので今日はやめる。野菜は玉ねぎだけ買った。


温泉に行く前に矢岳高原に車で登る。天気がいいので、そこからの霧島連山の写真を撮りたかったから。道がくねくねしてて、途中、道幅が狭くなっているのでいつも怖い。一度、対向車と狭い道ですれ違ってビクビクした。

頂上に着くと見晴らしがいい。一気にぶわっと視界が広がる。遠く、桜島も見えた。たぶんそうだと思った。

霧島連山と手前の盆地は加久藤(かくとう)カルデラ。そこを流れる川内川(せんだいがわ)。私の家は川内川がSの字にくねくねとしているあのあたりの橋のたもと…と思いながらながめる。田んぼがパッチワークのように広がり、空は高く、いい景色。

今まではあたりまえすぎて特に何も感じていなかったけど、最近山に興味を持ち始めたのでこの景色が親しみ深く感じられる。何枚も写真を撮った。

もう一段上の場所まで車で移動する。そこからの景色はまたちょっと違って見える。より広く遠く見渡せる。すがすがしかった。

昨日、サウナに入っていた時、たまに会う女性がいて、その方とポツポツ話をした。「やっぱり温泉は温まる。最後は必ず温泉に浸(つ)かる」と話されていて、「じゃあサウナは何がいいんでしょう?」と聞いたら、「うーん。汗が出るところじゃないかしら。汗をかくのが気持ちいいとみなさんおっしゃいますよね。汗腺(かんせん)が開くって」。

そうか…。ここのサウナは機械で温める方式で、天然の温泉の蒸気ではない。サウナでは温泉の効果はないんだ。だったら、私はいつも最初と最後にサッと温泉に浸かって、その間はサウナにずっといたけど、サウナにいるより温泉にゆっくり浸かる方がいいかもしれないなあと思った。

確かに。私はサウナでじっとしているより、ぬるめの温泉でストレッチしたりぼんやり瞑想状態になっている方が気持ちいいなと思う。で、今日はサウナは半分ぐらいにして温泉の方でゆっくりした。そしていい場所を見つけた。湯船の段に座って膝をかかえて熱帯植物の方を向くのだ。ここはいい。ひとり静かに瞑想気分に浸れる。

これからしばらく、温泉の中で過ごすいい方法を研究してみよう。

12月6日（月）

歯医者さんへ虫歯の治療。今日は型どり。歯医者さんに行く日はいつもちょっと緊張する。その分、終わると解放感がある。

朝は寒かったけどだんだん暖かくなってきたのでお昼過ぎに畑に行って夕食用の野菜を摘む。チンゲン菜、小松菜、水菜、ちぢみ菜、ラディッシュなどを少量ずつふうわりとザルに入れる。

天気がいいとこんなにも気分が違う。まわり中が輝いて見える。

小さな山

崩しながら先へ

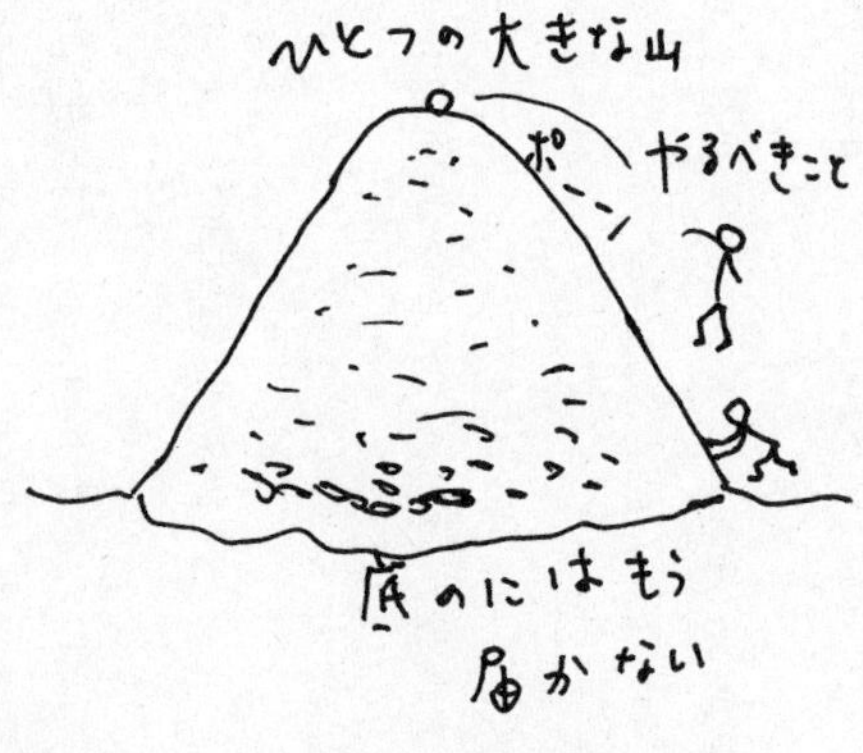

サウナで水玉さんとそれぞれの定位置に寝転がって、時々ポツポツ話す。

水玉さんが、「女ってどうしてこんなに次から次とやることがあるんだろう。炊事して、洗濯して、パートに行って、帰って来て、なんかかんかしてたらもう寝る時間」と言う。

そうだねえ…。私もやることがたくさんあって、それがどんどん山になっている。できるだけ小さな山にして、それを切り崩しながら、また新しい小さな山を作っていく、というふうにしたい。ひとつの大きな山にして底に古いやるべきことがあるけど手が届かないというふうにならないように。

12月7日（火）

数日前、セッセを見かけたら、何か言いたげに近づいてきた。

うん？　何かあったか？

すると、母の一番上のお姉さんが亡くなったとのこと。97歳だったそう。きれいなお姉さんだった。娘さんと電話で話した時、母は少し涙ぐんだらしいが、短期記憶があまりないのですぐに忘れてしまったそう。

セッセが、母には「できるだけ長生きしてほしいなあ…」としみじみと言っていた。

今朝もとても寒かった。こんなに寒いとは、と思ったけど、太陽が射してくるとだんだんあたたかくなり、今日もまた朝が寒く昼は暑いという日になるかもと思った。

ここは盆地なので寒暖の差が激しい。

ところで最近、冬にいつも寝室で使っているデロンギヒーターがなんだかあたたかくない…と思えてきた。経年劣化だろうか？　で、試しに東京から持って帰ってきたサクの部屋で使っていた小ぶりのデロンギヒーターを使ってみた。

結果は？

うーん。それほどあたたかいとは思えない。でも、こんなものだったのかな？　とりあえずしばらく様子をみよう。

昼。あたたかい日差しの下、ハンモック椅子にゆらゆら揺られながら本を読んでいたら、目の前をいつもの猫がゆっくりと通り過ぎていく。灰色の。

やっ！

写真を撮らなければ、と思い、音を立てないようにサッとカメラを取って、猫が進んでいった方向へ急ぐ。私の仕事部屋の前の洗濯物干し場を通るはず。なので仕事部屋の窓から外を見た。なのに、いつまでたっても通らない。私が来るよりも先に通り過ぎて行ってしまったのだろうか。あののっそりのっそりの速度で…。

あたりを見回してもどこにもいないので、もう一度リビングへ戻り、そこからまた庭を見てきょろきょろ探す。

いない。

ふたたび仕事部屋に行って、窓を開けて身を乗り出して外を見たら、なんと途中の井戸のあたりに泰然と座っている。

こっちを見ている。私も見た。逃げないので写真を撮る。

しばらくすると、くるりと背を向けて、こっちじゃなくテラスを突っ切って小道を通って、いつものお隣りへと進んでいく。

私も庭に降りてそっちへ向かった。お隣との境の塀の上にたたずんでこっちを見ている。写真を撮る。思う存分撮った頃、ゆっくりと暗がりへと去って行った。


ネットフリックスの映画、B級を避けて、有名な俳優が出ているかをチェックして見るようにした。

ベネディクト・カンバーバッチの出ている「パワー・オブ・ザ・ドッグ」を見た。

うーん。なるほど。

次に、「MA」というのを見た。近頃よく見る黒人の女優さんが出ているホラー。

うーん。なるほど。

今日の夜は春巻を作った。大根と椎茸(しいたけ)とベーコンとチーズを入れて。パクパクとつまんで食べる。揚げたての春巻はおいしい。

さっきひらめいたこと。

無理やり意味をつけないでそのまま受け止める。

12月8日（水）

前の道路の水道工事のあとはまだ盛り上がっていて、トラックが通ると家が揺れる。でも、最初よりはいくらかましになったかも。セッセは砂を撒(ま)いたりしてできる限りの対策をとっていたけど難しい…と眉間(みけん)にしわをよせていた。

セッセはできるだけ人に頼まずに自分で家を造っている。水道も敷地までひいてもらったあとは、自分でその先を掘り進めているようだ。できるだけお金をかけずに造っているが、そのことを各々の業者の方に伝えると、「でも何かこだわりはあるでしょう?」とみんなに言われるのだそう。こだわりは「できるだけ安く造るということ」なのを私は知っているけど、みんなは知らないのでなかなか理解してくれないらしい。

私は、「セッセはお金をかけないで家を造ることが趣味なんだ」というふうに理解している。

で、今日。

天気がよかったので畑に敷く緑の草を集めに行った。歩いてトコトコ3分ほどの草ぼうぼうの母の土地に。そこは三方が高くなっていて、その高いところにいつも犬がポツンと繫がれている。

ここに草取りに来たのは2回目。「また来たよ」と心で遠くから語りかける。最初しばらく吠えていたが、私が草を刈っているのを見て心配ないと感じたのか、やがておとなしくなって寝そべり、寝そべったままこっちを見ている。

リラックスムードじゃん。

サクサクと草を刈るが、霜が降りたので青い草は少ない。もういいか、と思い、立ち上がって帰る。犬も寂しかろう。

畑であれこれしていたらセッセがいたので少し話す。

セッセは集合住宅に住むのは苦手なのでここの暮らしがいいと言う。私も実は周囲の生活音が苦手。あ、そういえばサクもだな。

セッセが今住んでいるのはボロボロの本家だけど周囲とはたっぷりの距離があり、人が気軽に近づきにくい雰囲気を醸し出している。今造っている家も小さいけど周囲から十分な距離がある。

周囲の生活音が聞こえない、というのは絶対的条件なのだそう。私もだけど。

「だったらもうそれだけでいいじゃん。紙に書いとけば？」

何か不幸なことが起きたら、このことを思い出して言ってあげよう。私も思い出そう。

夜。今日も映画を見た。「令嬢ジョンキエール―愛と復讐（ふくしゅう）の果てに―」。ちょっとおもしろかった。あと、干し柿を食べてみた。おいしかった。そして種を見てびっくり。おかきの「柿の種」そっくりだった。

12月9日（木）

今日は都城の印刷会社にポストカードなどの打ち合わせへ。天気がよくて雲ひとつない青空。暑いほど。

試しに数種類の紙に印刷した見本を見せていただき、打ち合わせ。そのあと、さまざまな素材の印刷物の見本を見せてもらう。すごくおもしろかった。石や革にプリントしたもの、ガラス、アクリル板、木。レーザープリンターで物を作るところもみせていただいた。いろいろと想像の広がる体験だった。

帰る途中に霧島連山が見えたので、反対側から見る山の景色を見たい、写真に撮りたいと思ったけど、なかなか途中で車を止められず、結局、畑の中の細い道を進んで、あまりよく見えない角度からどうにか一枚だけ撮った。いつかゆっくり撮ればいいか。それにしても、場所によって見え方が全く違って新鮮だった。

高速道路の途中、すごくきれいに見えたところがあったけどあれはどこだったか。

夕方、温泉に行ったらいつも明るく元気な、元気さんがいたので、「サウナと温泉ではどちらが温まりますか?」と聞いたら、即、「温泉よ」と言う。「サウナは汗をかくためだけど温泉は成分があるから」とかなんとか。

やはり…。最近うすうす感じていたもやもやがだんだん形になりそう。

帰りに、受付のAちゃんが駐車場のレモン2個と夏ミカン3個を千切ってきて窓枠に並べてくれていた。「どうぞ」って。今日、レモンのまわりの木がバッサリ剪定(せんてい)されていて、やけにスッキリしたなあと見ていたところだった。念願のレモン。うれしくいただく。しばらく置いておいて熟れさせた方がいいそう。

12月10日（金）

昨日遠出したので今日は休憩。

道の駅に行って菊芋を買う。菊芋は半分食べて半分植える予定。綿の種を見つけたので一袋買ってみた。来年苗を買おうと思っていたけど種の方がより楽しみ。

それからホームセンターでボンドとか日用品など。


昼間は曇っていて寒くなかった。

家で仕事したり、あいまに畑に飛び出して、野菜の様子を順々に、見るともなく見る。もぐらの穴が今日も畝間の土を持ち上げていた。行ったり来たりして足で踏み固める。

12月11日（土）

温泉は、今日から浴場の入れ替え。男女が10日おきに入れ替わる。

岩で囲まれたぬるい方の温泉に入って、腕のストレッチをする。このストレッチは毎日の日課。膝（ひざ）の裏も伸ばしているので、昔からしたらずいぶん前屈ができるようになった。

12月12日（日）

天気のいい日曜日。

午前中、畑を見回りして、あまりにもポカポカと暖かいのでそのまま河原へと散歩に行く。いつのまにか草が高くのびて、穂が出て、茶色く枯れていた。

橋の向こうの小さな公園で人が何かやっている。何をしているのだろうと思い、テクテクと歩いて見に行く。地区の方が年末のイルミネーションを木にまきつけているところだった。夜に通ったら見てみたい。

午後はまた、暖かさに誘われて庭を歩く。

この冬に低木をすべて自分で剪定するつもりなので、どういうふうに切ろうか、この枝は残そうかなど、あれこれ考えながら回る。1月から2月にかけて、暖かい日にやる予定。

赤や黄色の庭の落ち葉を拾ってきて、木片の上に並べてみた。

干し柿が完成。まわりにうっすらと白い粉ができかけていていい感じ。冷凍したらいいよと聞いたので、ラップでひとつずつ巻いていく。すると、最後の方でラップが芯（しん）にくっついたまま巻きついてしまい、どうしても取れなくなった。ああ。セロハンテープを使って剝（は）がそうとしても途中でちぎれてしまう。もうどこがどこだかもわからない。無理にいじくったので大量のちぎれたラップがテーブルに溜（た）まった。だめだ。調べたら、スポンジで洗いながら水を流すと端がめくれる、と書いてあった。そうしよう。水で流しながらスポンジでこすったら端っこが出てきた。

ああ、よかった。

12月13日（月）

今日もいい天気。

畑作業。小さな人参とほうれん草を収穫する。小さいおかずを作ろう。菊芋も植え付けた。

映画「悪魔はいつもそこに」を途中まで見る。まだ半分だが、見るのがとても悲しく苦しい。

12月14日（火）

11月の初めに剪定枝をいただいた時に、木の枝に山茶花（さざんか）のつぼみがたくさんついていたのでその枝を切って屋外のボウルに入れておいた。

そしたら、そのつぼみが花を咲かせた。1カ月以上もたって。生きていたんだ。きれいな花が赤く咲いている。

今日は畑の作業をして、夕方いつもの温泉へ。特に何もしなかった。あっというまに夜が来た。

12月15日（水）

今日は歯医者さんへ型を取った歯を入れに行く。隣り合った2本同時に。取り付ける時は緊張した。厳しく仕事に向かっている先生が助手の方に強く指示する言葉が聞こえてドキドキした。私が嚙(か)み合わせの指示にうまく対応できなかったからかもしれない、などと思い。終わってホッとする。帰りに受付の方から「先生が尊敬されている歯科医師さんが書かれた本です」と舌圧トレーニングの本をいただく。昔から食べる時にむせることがあり、徐々に嚥下(えんげ)機能が衰えているのを自覚していたのでうれしい。舌圧を鍛えたい。さっそく読み始める。

そういえば今日、緊張する歯の取り付けで、指示に従ってじっと口を開けて、なすがままの苦しい状態の時、「これからは優雅さが大事だ。歳を取るにつれて立ち振る舞いなどが優雅になるように、優雅なたたずまいの人になろう。なりたい。これからは優雅に生きよう…」と急に思った。

12月16日（木）

今日は忙しい日。

そのせいで緊張して、昨日の夜中に目が覚めてしまい、じっとしているうちにだん

だんお腹が空いてきて、また夜中にご飯を食べた。そして台所のシンクをきれいに掃除までした。そうするうちにやっと疲れてきて眠れた。イベントの前の日はいつもこうだ。朝起きた時は寝不足気味でぼんやり。

車の6カ月点検にトヨタ販売店に行く。今日は雨。納車の日も雨だった。

私が気になっていたのは、低速で走っている時に聞こえるシャーというような音。それと、ゆっくり止まる時にたまにガソリンがボンと燃えるような音が大きくすること。その2点を整備の担当の方に伝えたら、一緒に走って教えて下さいとおっしゃるので、助手席に同乗してしばらく郊外を走る。「速度が遅い時に…」といろいろ説明する。あのシャーというような音はこのタイプの動力の基本の音だということがわかって安心した。あと、ボンという音は試乗中は起こらなかった。今度その音がした時にエンジンの回転数とかエコモードになっているかとかさまざまな状況を覚えておくことにして、また次の点検の時に、ということになった。とても丁寧に確認作業をしてくださり、有難く感じた。

ロビーで待っているあいだ、昨日いただいた舌圧トレーニングの本の続きを読む。

舌のトレーニングをしながら。

点検と洗車をしてもらって、お礼を言って出発。道路に出る時、左右から来る車の確認に集中していて、タイヤが歩道の縁にゴボリと乗り上げ、ゴボリと下りた。ああ、恥ずかしい。見られてなければいいが。

次に、いつもの炭酸温泉へ。久しぶりの雨のせいか駐車場がいっぱいだ。第2駐車場に止めた。

ガラリと浴場の戸を開けると、湯けむりにくもった中、茶色い味噌汁のような源泉に10名ほどの人々が首まで浸かってしゃべっている。

なんだかこんな風景は今まで見たことがない。私も入る場所を探してそっと温泉に滑り込む。

ぬるい。

だからか。みなさん、ぬるいから首まで浸かってじっとしていたのか。

いつもならここで温まって、冷たい炭酸泉や露天風呂に入って、交互に行ったり来たりするのだが、とてもそんな気にならない。しょうがないのでサウナに入ってみた。テレビが無音でついていて、いしだ壱成の3度目の離婚のことが流れてる。しばらく入っていたけどなんだか落ち着かず、また味噌汁温泉へ。茶色くてぬるい合わせ味噌の味噌汁のような温泉でじっとする。

あまりあたたまらないまましばらく浸かって、今日はリラックスできなかったなあ…と思いながら出る。

それから近くの庭の先輩のところへ。半年ぶり。6月にシナノキの花の匂いを嗅(か)ぎにきて以来だ。クヌギ林の葉が落ちて、晩秋の庭もきれい。

工夫を凝らした石の造作物、花壇などが新しくできていた。

近所の工事で出た土をもらって、それを一輪車で何百回も往復して花壇を作り、大きな木の板をクヌギ林のところに並べて埋め込んで、大きくて四角い石を庭の真ん中に置きたかったけどあきらめて小さい石をアリ塚のように積み上げたという。

お花を植えるよりもやはり庭づくり、造園作業が好きとおっしゃっていた。

薪(まき)ストーブで暖まった部屋でお手製のぜんざいをいただきながら近況を報告する。

土砂ぶりの中、家に帰って、すぐに歯医者へ。昨日入れた歯のチェック。チェックだけなのですぐに終わった。帰りに受付で「昨日の本、ありがとうございました。さっそく読みました。鍛えたいと思います」と伝える。

カーカからラインで「カーカ、誕生」と来た。なんだろう。この文章、途中かな。しばらくしてわかった。今日はカーカの誕生日だった。いつも忘れてしまう。おめでとうとスタンプを送る。もう誕生日プレゼントはあげなくていいよね。なのでそのことにはふれなかった。

夜。最近好きなタロットカード占いの方の動画を見ていて、「今年は気前よく」と出た。それで、ハッと思い出して、カーカに「何かほしいものある？」とラインしたら、「あら」って。何か考えてくるかも。何を言ってくるか楽しみ（何も言ってこなかった）。

深夜になってもすごい雨。雷も鳴ってる。

12月17日（金）

寒気が来ているようで、風、雨など荒れた天気。昼間でも薄暗い。

畑に行ったら、昨日の雨がたまったところまで枯草が持ち上げられていた。けっこう降ったことがわかる。

庭の本の打ち合わせを電話でする。もうほぼ最終段階。よかった。

午後。寒い中、サラダ用の野菜を収穫に行く。

レタス、水菜、リアスカラシ菜を少し。

リビングの窓から見えた石が顔に見えた。むぎゅ〜って。


夕方、いつものジャングル温泉へ。

浴場に入ると、天井が高くて広いのでとても寒い。はだかん坊でブルブル。ぬるい温泉に浸かってストレッチ。あまり温まらない。サウナに入ったら、誰もいなくて退屈になって出る。私はサウナはあまり好きじゃないのかもしれない。熱い方の温泉に入って、また出て、水風呂とぬるいのを行ったり来たり。

もういいか、と出る。

脱衣所に女性がひとりいて、「ここは暖房が入っているからいいですね」と言う。ハッとしてその方の方を向き、「そうですね」と笑顔で応える。同年代の女性だった。「いつも今頃いらっしゃるんですか?」と聞かれたので「はい」と答える。またこの方がいらっしゃったらいいなあと思った。同年代の人があまりいないので。

天気の話などして、出る。

車に乗って帰ると、前に見えるものが雨かと思ったら雪だった。

雪かあ…。

初雪だ。

12月18日（土）

朝、寝ている時から音が聞こえる。

外で何かをやっている。チェーンソーの音だ。

起きて、見てみると、前の小学校の木を切っている。大きなクレーン車も見える。

よーく見たら、私が「ハートの木」と名づけて愛でていた木を切っている。根元から。あら～。剪定の時季なのか。

気になって終日、チラチラ見ていたら、そのあたりの数本の木をかなりバッサリ切っていた。

窓の外がスカスカになった。

まるで私の家が空に浮かんでいるようだ。

12月19日（日）

今日はM‐1がある日。敗者復活戦から見る予定。

カレーを作って食べながら見よう。

午前中、ポカポカしていたので外へ出て、気が向くままに散歩する。めったに散歩しないルートで。

昨日切られた大木を見に行く。近くまで行って、切り株をじっと見た。それから学校の校庭を一周する。花壇にヘチマが生っている。

築山、遊具、時計台、藤棚。どれも懐かしい。時計台の下に埋め込まれた石はデコボコしていて、むかしこの上に乗って遊んだなあ。

プール前の山茶花。カーカたちの運動会のお昼はいつもこのへんで食べたっけ。木が整理されて一列になっている。池のほとりの二宮金次郎の像にはマスクがつけられていた。カタツムリのような校門からジャンプした思い出。

そのまま歩いていく。ひとんちの畑の野菜をながめて、あれは何かな、これは何かな、と考える。道の先に猫がしゃがんでこっちをじっと見ている。私もじっと見てやった。

中学校の脇の細い道を通って堤防へ。赤い実のついた大きな木。忠霊塔の磨かれた石が輝く。川原の草は茶色。

陽が陰って、だんだん寒くなってきた。

午後はテレビ。テレビをつけたのは夏のオリンピック以来だ。寒いので薪ストーブに火を入れて温まりながら見た。

ふと、絵を描きたくなってシロフクロウの絵を描く。前にシロフクロウのぬいぐるみを見かけて、それがとてもかわいくてほしいと思って調べたけどわからなかった。なので絵に描いた。かわいいのができたのでリビングの棚に飾る。

12月20日（月）

『ひとりごはん』の本の原稿を書く予定なのだが、まだスイッチが入らないのでスーパーへ買い物へ。アジの開き、ごま油、鶏肉（とりにく）、チーズなどを買う。

午後は読書やこまごまとした作業。するとすぐに夕方になる。日が暮れるのが早いなあ。

あさってが冬至。

のんびりと楽しみにしていよう。何かを。

気ままに気らくにいつまでも。

12月21日（火）

うすら寒い日。

太陽が出ないとすぐに寒くなる。陽が射すと一挙に明るくなる。

明るくなったのでアジの干物を陽に干した。昨日買ってきた「宮崎を食べる、地の魚」というアジの干物を昨日食べたら、おいしかったんだけどもうひと手間かけるともっとおいしくなる気がして。

すると又日が陰る。

家の中に移動して、陽が射す場所に置く。どうにか乾くように。

やはり曇ってきた。なのでしょうがなく、オーブンで低温で乾かす。

そして仕事。『ひとりごはん』の写真の取捨選択。

これから週末まで、緊張感をもってがんばろう。

ジャングル温泉に行ったら、生い茂っていたジャングルが剪定されてサッパリ。まるで墨絵のようにシンプルな木立になっていた。見るからにスースーする。

12月22日（水）

夜中に寝ている時に蚊がブーンと飛んでいて、刺されてしまい、何度も目が覚めて、明け方には悪夢まで見た。赤ちゃんのカーカと外国旅行をしていて、空中に持ち上げてあやしている間にお財布の入ったスーツケースを盗まれたという夢だった。本当に苦しかったので、目が覚めて心からホッとした。

ああ。よかった。夢でよかった。今はとても幸せだ。

冬至。朝は霧が深かったが、陽が射して来たらポカポカ暖かい。畑で野菜を見ていたら暑いほど。今日もモグラの穴を足で踏む。

庭を猫が悠然と横切っていく。急いでカメラを持って先の部屋に急ぐ。青い首輪をしていた。

きのうほとりで話したことが思い出される。

「目に見えるものと見えないものの境目をどこに置くかということです」たまに思いがけなくいいことを言ってることがあるなあ…、と思っていたら、「『大事なのは自分がいて、心を震わせるものがただ、ただ存在しているだけ』というところを何度も何度も聞きなおしました」というコメントが来て、そこのところは忘れていたわ！　と思った。

ジャングル温泉へ。

冬至　12月22日

スリガラスごしに
夕日がパーッと…

ぷか
ぷか
うかぶ
エズ

わあ

どんどん
こっちへ
流れていく

「今日はみかんが入ってますよ」とAちゃんが言う。温泉に行くと湯船に柚子がたくさん浮かんでいた。80個ほど。

わあっ！

わあ～。

冬至だから。

いい匂い。

どうしても流れの下の方に柚子が集まってくる。なので時々上流に移動させる。だれもいなかったら柚子をポンポン上流に向かって投げたいところだけど、二人の方がずっとお風呂のふちに座って話し込んでいたのでできなかった。

柚子のいい匂いの中、いつもより長く入っていたので出た後もしばらく汗が引かない。…ということを脱衣所で隣の方と話す。

冬至かあ。明日から昼間がどんどん長くなるのか。

12月23日（木）

今日もいい天気。ポカポカ。雲ひとつない青空が広がっている。

仕事をする気にならず、スーパーへ買い物へ。家に戻ってもなんだか部屋の中をあちこちぶらぶら。

あまりにも気持ちいいのでふらふらと庭に出る。するとお風呂場の前の日の当たる階段に灰色の猫がのびのびと横たわっていた。最初、あまりにもリラックスしているので死んでいるのかと思った。すぐさま家に戻ってカメラを取ってくる。足音を立てないように近づき、写真を撮った。取り終えて、音を立ててみる。ハタッと気づいて私を見てる。

私もじっと見る。ここで引き下がると猫が我がもの顔にふるまってしまうのでそれは許さじ、とばかりバタバタと足を踏み鳴らしてみると、サッと逃げ出した。いつもの方向へと逃げていく。そして途中で様子を窺うように振り返ってる。ここで引き下がると、もう逃げるのをやめてしまうので、めんどうくさかったけど追いかけるふりをした。逃げて行った。

ふん…。別にここを通るのはいいけど、緊張感をもって通ってほしい。ここのご主人はあの人だと遠慮がちに通ってほしい。日向ぼっこをしてもいいけど、でもご主人はあの人、というのは忘れずにいてほしい。

ふふふ。

笑いながら家に入る。

結局、仕事は何もせず、夕方温泉へ。

今日もまだ柚子が半分ぐらい浮かんでいた。
ぷかぷか浮かぶ柚子の中で、たまに会うおばあさんと柚子の匂いを嗅ぎながら話す。
「冬至が過ぎてうれしいわ。だんだん暗くなるのって寂しいでしょ。これからは毎日ちょっとずつ日が長くなると思うとうれしい。昔、私のおばあさんが、毎日米粒ひと粒分、陽がのびる、っていってたの」と指をお米の幅に広げながらおっしゃる。
米粒ひとつ分かあ。うんうん。

帰りがけ、私の毎日は、大きな感情の浮き沈みはないけど、点描画のように、小さな幸せ感や小さな気の沈みが毎日無数に点々点々とあるようだなと思った。すごくうれしいことはない。けれどすごく苦しいこともない。爆発的に幸福な出来事はないけど、小さな点のような幸福感は一瞬だけ、たまにある。爆発的な不幸もないけど、小さな点のような気の沈みはたまにある。さまざまなありとあらゆる種類の感情が点々になって日々を形作っている。

感情の点描画。私の人生という絵はだんだん淡いものになっている。それは望んだことの結果なので、なるほどこんな絵ね、と人ごとのように眺めて過ごしている。

12月24日（金）

きのうの「ほとり」で、「最近私がいいなと思ってメモした言葉です」と紹介した言葉。「人生って自分でコントロールしようとしないでいるとこんなに楽なんだ、と思うでしょう」。これは近ごろ好きなカード占いの若い女性が動画の中で言っていたこと。

それで昨日は仕事をする気にならなかったけど、いいやと思ってのんびり過ごしたのだった。

さて今日は、朝から寒い。でも私が恐れているのは、今週末の大寒波。日曜日は最高気温でも3度という予報なので、前夜から薪ストーブを焚こうか、めったにつけない床暖房も入れるか、でも灯油の消費が激しいかも…などとあれこれ思案している。コタツを出せばいいんだろうけど、今年はコタツなしで乗り切りたい。だってとたんに散らかってしまうもの。

そういえば今朝も嫌な夢を見た。仕事を先延ばしにしているせいかな。どれどれ。今日は進めたい。

12月25日（土）

昨日も今日もまだ仕事をする気になれないのでのんびりと過ごす。買い物に行ってお刺身を買った。帰りの交差点で植え込みの表面にスズメが2羽、のっかっていたのがかわいかった。あれは何をしていたのか。日向ぼっこだろうか。不思議だった。

そういえば昨日はクリスマスイブだったけどまったく興味がないのでなにもせず、そのことに対してもなんとも思わなかった。今までは家族や周囲のためにクリスマスイブの行事をやっていたのだとわかった。今後も人がいたらまた何かやるだろうけどいなかったらやらないだろう。クリスマスに特に思い入れがないのだと思う。それよりも明日の寒波だ。家の中がどれくらい冷えるのか。寒いのは苦手なのでとても気になる。ちなみに今日は陽が射していい天気。

12月26日（日）

朝起きて、恐る恐るあたりの様子を見る。

部屋の気温は特に変化はない。

窓の外を見ると、細かい雪がちらついている。

ダウンを着て畑へ。今日は霜は降りていない。モグラドームは少しできてる。雪のちらつく畑を静かに見下ろす。


家に戻って薪ストーブに火を入れる。床暖房もつけてみた。

しばらく過ごしてみたけど、冷え切るという感じではなさそうなので床暖房を消す。

薪ストーブで焼き芋を作ろう。4個、アルミホイルに包んで入れた。

『ひとりごはん』の仕事をしていたらピンポーンとインターフォンが鳴った。見ると、セッセとしげちゃんだ。日曜日なので散歩かな。こんな寒い日に。運動のために散歩に出たと言う。しばらく家で話す。薪ストーブの前に座る。しげちゃんに「焼き芋食べる?」と聞いたら、「いい、いい」とセッセ。運動のために堤防を散歩すると言って出て行った。気温は2度。

仕事の続き。

雪は一日中チラチラ降っている。

今日は明るいうちに温泉へ行こう。

いつもの温泉へ行ったら、人々が湯船に首まで浸かってじっとしている。身体を温めているのだ。私も冷えた身体で温泉に入ったら急速に温まっていくのがわかった。温泉の威力は抜群だ。どんなに冷えていてもまんべんなく温まる。

サウナでも温まる。

ゆっくりと入って、明るいうちに家に帰る。

今日は全日本フィギュアスケート、男子フリーの日。楽しみ。

貯金のことを話します。

私はすぐに使わないお金を証券会社に20年ほど預けていた。資産運用のことはわからないし、お金のことを考えたくなかったのですべてお任せしていた。3年ほど前に、引っ越しするからとその証券会社から資産をすべておろした。

その時に、それまでいろいろ疑問に思うことがあったこともあり（増えないなと）、興味を持って、自分で資産運用をやってみた。

よくわからなかったけど、すごくおもしろかったのでゲーム感覚でやった。アプリの使い方も理解せずに夢中になってスマホでね。おお、そういうことか！　失敗、失敗！　ということもやって。

するとすぐに資金が3分の1に減ってしまい、私には資産運用の才能はない！　と思った。なのでもうそういうことはやめることにした。

気ままな気分に任せてバカだったなあと思うけど、ちゃんと調べようとは思わなかったのだからしょうがないと納得している。自分で作った損失は諦められる。

よく知らない分野だからこそ面白く感じ、ちょっとでもわかると現実的な難しさがわかるので興味をなくす（自制する）。

昔からそうだった。「興味を感じて、よく知らない」というその条件が整うのは本当にまれなので、時たま出会う今まで知らなかった新鮮なことに挑戦して、わずかな時間で楽しんできたのだ。

証券会社に預けていた20年間、ときどき、言われるままに投資信託を乗り換えて、そのたびに手数料を払い続けたのはいいカモだったなあ、と今ではわかる。でもその時はよくわからなかったし、言いなりでもいいと思っていたのだ。なにしろお金のことを考えたくなかったのだからしょうがない。

で、今思うことは、資産運用をしたければちゃんと自分で勉強して調べた方がいい、ということ。

私はお金のことを考えるのは苦手で、たくさん欲しいとも増やしたいとも思わない。これからは今の生活を丁寧に送りながら、暮らしに必要なものに慎重に使っていきたい。

さて、フィギュアスケート男子フリーを見た。羽生（はにゅう）選手がオリンピックで4回転アクセルに挑戦すると言っている。急にオリンピックが楽しみになってきた。

12月27日（月）

今日も寒い。粉雪みたいなのが時おり舞っている。

寒さが続いたので地面まで冷えてきた感じ。

青い首輪をつけたあの猫がトコトコと庭の小道を右から左へと歩いていた。窓を開けて「青ねこちゃん、青ねこちゃん」と呼んだら、ピタリと足を止めてキョロキョロしている。私を見つけると、サササッと左の方へ急ぎ気味に走って行った。毎日ここを通っているのだろうか。

昼間は仕事をして、午後、明るいうちに温泉へ。じわじわと温まるのがうれしい。同時に、温泉は火山の恩恵だということも思う。地下水がマグマの熱で温められてこんなふうにね〜。

家に帰って仕事の続き。計画を立てたので、計画表に従って頑張ろう。私は昔から計画表を書くのが大好きだった。

12月28日（火）

今日の朝はいつもよりも冷え込んだ。

畑に出ると氷の粒が野菜の表面にくっついている。

庭に戻ると、シソ科の植物「シモバシラ」の足元に霜柱ができているのを発見。これを目当てに苗を購入したのだが、実際に見ると驚く。枯れた茎から水が沁み出て巻きつき、霜柱のようになっている。触ってみるとサクサクとした繊細な氷がカーブを描いて巻きついていた。

そのあと玄関に近づいた時、それを見つけた。

小さな水鉢の脇に厚さ4ミリほどの割れた氷が落ちている。水鉢の表面は全体的に凍っていて（あとで割って測ったら1センチほどの厚さだった）、その割れた氷がどこから来たのか、どういういきさつでそこにあるのか、わからない。推理力を結集して考えたけどわからない。あまりにもモヤモヤしたので兄のセッセに見てもらおうと電話したら出ない。

ううむ。気になる。

ジッとできずに何度も眺めてウロウロしていたら、セッセが家造りに来ているのを見つけたので、走っていく。

「不思議なことが起こったのでぜひ見てほしい」と言って、セッセを連れてきた。そして状況を説明して見てもらったが、セッセにもわからなかった。不思議だと言う。あれこれと考えられる限りのことを考えたけどわからない。上にも何もないし、夜中に何らかの理由で氷が飛び出して割れたとしか思えない。そのあとにふたたび表面が凍ったとか…。セッセが「確かに不思議だ。君が電話してきた気持ちがわかるよ」と言いながら去って行った。私も首をひねりながら家に戻る。

引き続き考えよう。明日（あした）の朝も見てみよう。

仕事は少しだけ進んだ。サクの帰ってくるのが遅くなって、1月1日になると言うので仕事の予定を2日ほどのばすことにした。これでゆっくりできる。

今日も温泉で温まり、夜は早めに就寝する。

12月29日（水）

今日は曇っていて寒い。気温は12度で昨日より高いけど太陽が出ていないのですごく寒く感じる。灰色のどんよりとした空。今日は水鉢の氷は凍ってない。

まず買い物に行く。数日分の食料を買い出しに。道の駅に食用の菜の花があったので買ってみた。お浸しにしよう。いつも珍しい野菜を作って少しずつ出しているという女性がいて、その方のだった。

家に帰って軽くご飯を食べて、しばらくいろいろ。室内に干していたさつま芋をふたたび箱に詰めたり、薪（まき）ストーブを焚（た）いて焼き芋を仕込んだり。

仕事をしようと思うけどまだやる気にならず、他のことをしている。

そしてまた昨日の氷のことが思い浮かんだのでひとしきり考える。ほとりのみなさんにも考えてもらったのでその回答を読み、またじっと考える。

どう考えても不思議だ。夜中、うすく凍った時点で何者かが氷を持ち上げて脇に落として割り、その後、明け方の寒さで氷がふたたび凍ったのか…。でも何者が？　カラスやアナグマのしわざでは？　という意見もあった。うーん。カラスは夜中に飛ぶだろうか。アナグマは来るかもしれないけどあんなにきれいに氷を持ち上げるだろうか。何かを探して？　厚さは4ミリくらいでガラスのように平らだった。割れ目は2～3センチ幅で、つなぎあわせたらピタリとくっつくようになっていて、高いところから落ちたのではなく、すぐ上から落としたような割れ方だった…。うぅっ。わからない。

いつか真相がわかるといいのだが。知りたい。知りたい。

薪ストーブを焚いても家の中がなんとなく温まらない。仕事もはかどらないし、こんな日は早めに温泉に行こうと思い、3時すぎに出発。

今日は2時間ぐらいいた。そしてお客さんも多かった。でもおかげで体の芯から温まった気がする。家に帰る途中も家の中でも寒くない。この感覚。

12月30日（木）

今年もあと二日となった。私は年が改まるのが大好きなので楽しみ。

いつも、新年はゼロからの始まり、人生も軽くリセット、来年はいったい何が起こるのだろう…とワクワクする。

今年はもう終わるのだ。

さて、そんな今日、家にこもって仕事をする。遅々として進まないが、少しずつは進んでいる。

午後になって、今日も早めに温泉に行こうか、もっと遅くしようか、と迷いながら様子を見る。で、いつもと同じような時間に行く。

するとすごい人だった。脱衣所も浴場も人がいっぱい。さすがに年末。今日はサウナには入らずに温泉に入るだけにしよう。たまににぎわうのはいいこと。

明日はどうしようか…。あまり混むなら来るのはやめようか…。

家に帰って、椎茸を煮ていた鍋にふたたび火を入れて煮詰める。菊芋を揚げて、ネギを焼いてつまみにする。最近またちょいちょい飲み始めたので。

ひき肉のカレーを冷凍していたのがあったのでそれを夕飯にしよう。

そして、仕事の残りを粛々と進める。

12月31日（金）

大晦日。

今までの人生を振り返って、お金のことをふたたび考えた。

私はお金を、自分のしたいことをするために使ってきたと思う。

それには2種類あった。

ひとつは、仕事をする環境を整えるためのお金。本を作る仕事に集中するために、時間をすべてそれに使えるようにそれ以外のことを考えなくて済むように。どんなことでも、何かをするにはいろいろと調べたりしなければいけない。けど、それには時間がかかる。それでそれをあまりしない。でもそうしたら無駄なお金や余計なお金がかかることが多い。損もする。でもそれでいい。ということ。

もうひとつは、興味のあることを経験するため。継続してやるのでなくちょっとだけ経験したいと思えば、やはり余計なお金はかかる。

私は生活費以外のお金は、仕事に集中するためと経験をするために使ってきた。

それで今は周囲の環境も人間関係もスッキリしている。

いい使い方だったなと思う。

経験というのもそのあとに本に書くためなので、それもまとめて、すべて仕事のためと言ってもいいかもしれない。私は本を作る人生を過ごしてきたんだなあと思う。

本を作るのは、思ったことと見たことを伝えるためだった。なになにを見てこう思った。こういう景色を見た。これについてこう考えている。

その時その時に言いたいことは言ってきた。したいことはしてきた。失敗したなと思うことも多かったけど、その時はそうしたかったからしょうがないと思う。

今、したいことを可能な範囲でやっていれば、振り返って悔やむことはない。そういう気持ちでこれからも、今したいことをやっていくだろうと思う。

終日、家にいて、掃除や煮物作り。テーブルのまわりもやっと片づけた。

丸池湧水の白くま

2022年1月1日（土）

静かなお正月。

特に何も飾ってないのでふだんと変わりない。ひとりだとこういう感じだ。これもいいなと思う。畑を見に行くと、もぐらがきょうも穴をたくさん掘っていた。

午後にサクを空港に迎えに行くので、それまでにお雑煮などの準備をしておこう。

問題というのはやはり、それを問題だと思うかどうかというところがいちばんの問題だね。

ピンポーンと鳴ったので見ると、しげちゃんとセッセ。また散歩の途中に寄ったと言う。今日は雲ひとつない青空でとても穏やか。玄関前の陽だまりで草むしりをしながら話す。ポカポカしていい天気だねと言いながら。

午後。空港へ。

なんと、すごく混んでいて空港の駐車場に入る車の渋滞ができている。いったんそこを回避して、空港から離れた場所で待機することにした。着いたら連絡してとラインする。

着いたという連絡が来たので、送迎レーンに行くと伝える。そこも混んでいたけど、タイミングよくサクが出てきたのでサッと車に乗せてすばやく移動する。

よかった〜。汗が出た。

高速道路の上に広がる青空を見ながら帰宅。

お雑煮を食べて、今日はゆっくり。

1月2日（日）

ゆっくり起きて朝ごはんを作って食べる。

しげちゃんとセッセが神社参りの帰りにサクにお年玉をあげるために寄ってくれた。

まだ寝ているサクを呼ぶ。

しばらく家の中で話す。帰りにしげちゃんに手作りの干し柿をあげた。

あの果物名人の大きな渋柿で作った干し柿。表面がうっすら白くなっていて色も深い飴色（あめいろ）。薄く切ってクリームチーズのみそ漬けと合わせてつまみに食べているのだが、とてもおいしい。こんなにおいしいんだったら毎年作りたい。

今日もいい天気。

午後はサクと買い物。買いたいものがあるとかで人吉のイオンへ行く。サクの運転。空は青空。爽快。

まずユニクロへ。私もついでにストレッチパンツを買う。というのも、前に買ったのが3本とも大きすぎたのだ。そのサイズはXL。大きい方が締めつけなくていいかも…と思ったけど大きすぎてずり落ちてくる。それでも1〜2年は我慢してウエストを折り返したりして着ていたけど、さすがにもういいんじゃないかと思い、買い替えることにした。今度はLサイズにした。これでもうずり落ちてこないだろう。とてもうれしい。

サクの服と一緒に3本、カゴに入れて、長い列に並ぶ。レジ待ちの列に並ぶなんて普段だったら避けるところだが今日はサクにつきあってきたのだからしょうがない。黙っておとなしく並ぶ。待っている時にストレッチパンツの他の種類のがすぐわきに置かれていたのでつい2本追加する。これは夏用に。

レジまでは時間がかかったけどレジはほぼ自動だったのですぐに終わった。これは便利。

それからスーパーで食品をちょっとだけ買って、電気屋に行くというサクと二手に分かれる。あとで車で待ち合わせ。車に向かう途中に靴下売り場が目についた。靴下といえば消耗品。いつも安いのをこれはいいと思って買って、すぐに伸びたりして買い替えることが多い。今回も、去年いいと思って買った靴下がのびてきてたので買い替えたい。福助(ふくすけ)のシンプルないいのがあったので、3足770円のを2セット買った。ここでもレジの長い列。でもどうせサクに待たされるからと思い、おとなしくじっと並ぶ。

私の番が来て、「袋はいりますか？」と聞かれたので「いいえ」と答える。持っていたミニバッグに脇からグイッと突っ込んだ。

車でまっていたらサクが来て、欲しいのがなかったとのこと。それから他にもちょっと寄って帰宅。

家に帰って、買ってきたものを全部整理する。パンツや靴下のタグを取ろうと思ってハサミを手に取り、並べたら、靴下が5足しかない。6足買ったのに。レシートを見るとちゃんとそうなっている。あちこち探した。ユニクロの袋の中や冷蔵庫の中まで。着ていたコートのポケット、車の床や座席。どこを探してもない。

こういうこと、よくある。買ったものがないこと。そしていつも出てくること。でも今回はどこにもない。歩いてる途中にミニバッグから落ちたのかも。グイッと突っ込んだだけだったから…。悲しい。サクにも報告した。お店に電話しようかと思ったけど、「いくら？」とサクに聞かれて「1足260円ぐらい」と言ったら、「もういいんじゃない？」と言うので「そうだね」とあきらめる。忙しいだろうしね。でもいちばん使いそうな焦げ茶色のやつだ。

シュンとなる。

あきらめきれずに、もう一度車を見に行く。後部座席の右のドアをあけてポケットを探る。シートの上、床。左のドアを開けてポケットを見る。真っ暗で見えない。念を入れてその暗がりに手を入れた。すると何かが指に触れた。うん？

持ち上げてみると…、靴下だ！ 焦げ茶色の。タグが下になっていたので上から見ると真っ黒だったんだ。このドアポケットに落ちてすっぽりとはまり込んでいた。

わあ！ やった！ うれしい。

家に帰ってうたた寝しているサクに声をかける。

「サク、あった！」

本当によかった～。また出てきた。なくなることも多いけど、出てくることも多い人生。


そうそう。コタツですが、サクがあった方がいいと言うのでふたりで出しました。重い木のテーブルを一緒に持って階段の下に移動して、コタツセットを設置。暖かくてやはりいいです。

1月3日（月）

今日もいい天気。

サクは、昨夜友だちが３人来て遅くまでしゃべっていたので今朝は朝寝坊している。

起きたのは昼頃。

今日は温泉にでも行こうかということで、湧水町の温泉ゆっくりらんどへ。その前に栗野駅近くの丸池湧水へ行ってみることにした。いつも近くを通るのにこの池に行くのは初めて。透明な湧き水の池だった。公園内の遊歩道を歩いて展望台の上から夕陽を眺める。

温泉は広々としていて料金は３２０円と安かった。１時間15分後に出ようと決めて、ゆっくりと浸かる。

夜はカキフライとチキン南蛮を作った。２種類の揚げ物を作ったのでかなり時間がかかった。野菜は家の畑から。

1月4日（火）

サクが午後の飛行機で帰るので、午前中にちょこっと買い物へ。

その前にお墓参りに行こうと思い立ち、庭の榊(さかき)の木を数枝切る。

うちのお墓は近くの小高い山の中腹にある。「お墓では願い事じゃなくて感謝の気持ちを伝えるんだって」とサクに教えたら、手を合わせて静かに何かを伝えてた。私も手を合わせて、「どうもありがとうございます」と心で唱える。

それからサクは道の駅で、手羽先の煮たのや馬肉ジャーキーみたいなのを買っていた。


帰宅後、サクに掃除機をかけてもらって、布団も干してもらう。

2階の洗面所の隅っこに小さなヤモリが干からびて死んでいた。おお。最近見かけたの、これで2回目。サクを呼んで見せる。

「どうしてだろうね。寒いからかな。食料がなかったのかな?」

「うーん」

空港へ。今日はそれほど混んでいなくてよかった。降車場でサッと降ろして、運転を交代する。

ホッとしたような寂しいような気分で帰る。

1月5日（水）

昨日まで毎日快晴だったけど、今日は曇り。うすら寒い。

サクに送る荷物に入れるために、昨日買い忘れたさしみ醬油（じょうゆ）を買いに行く。

発酵パイナップルジュースの瓶を見て「これ何？」とサクが飲みたそうに聞いてきた時、「ジュースを仕込んでるの。3カ月かかるから17日に出来上がるの」と答えたけど飲ませてあげればよかった。別にちょっと早くてもよかったのに。なぜか真面目に期間を守ってた。ぼんやりしてて、ちゃんと考えずにうっかりしてた。瓶が目に入るたびに「ああ…」と後悔の念に襲われる。

今日は何もやる気にならないので休養日にしよう。明日（あした）から仕事。『ひとりごはん』の続き。

畑に行ったらいつものおばちゃんが通りかかって、声をかけてきた。二言三言にこやかに話す。

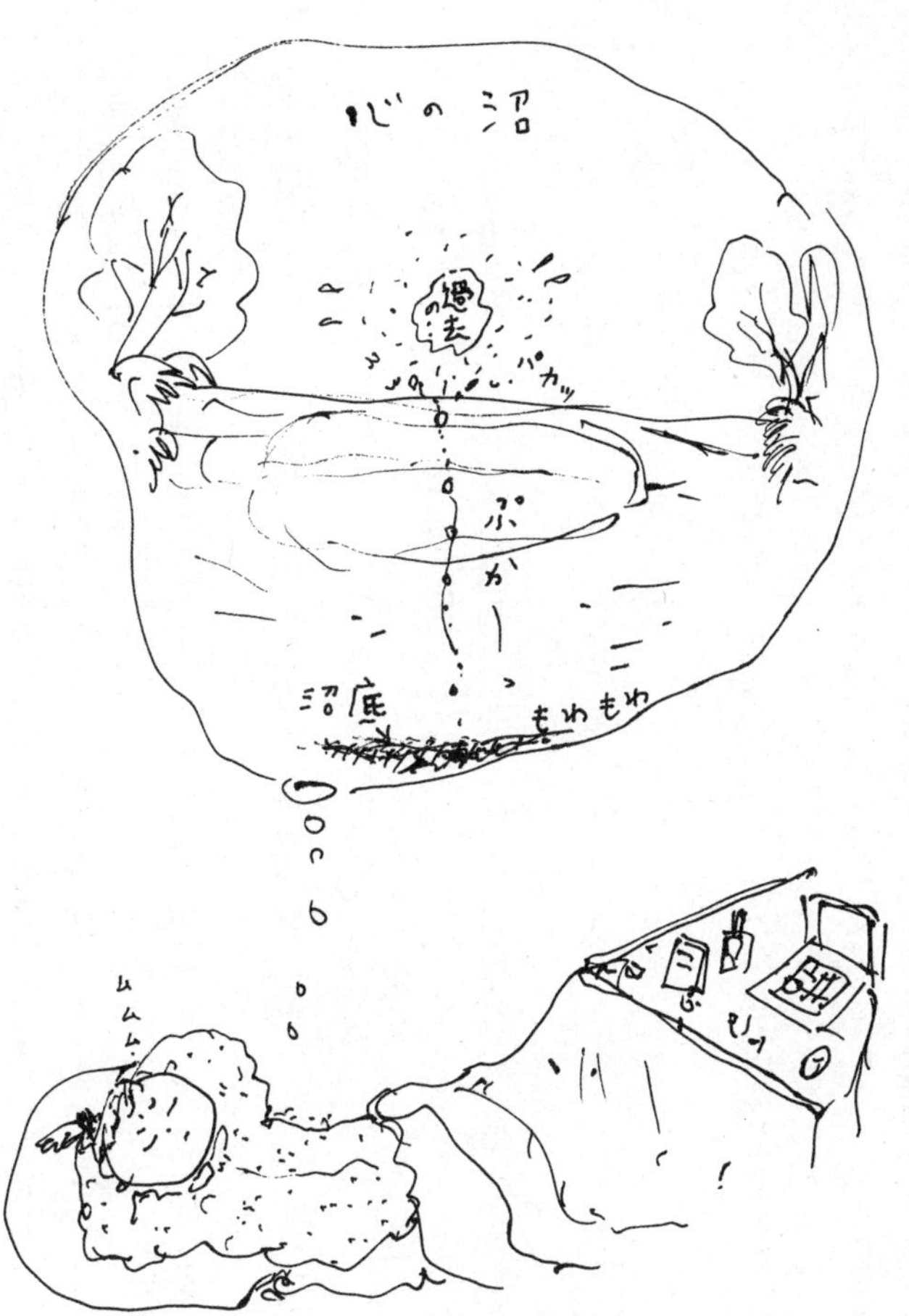

心の沼
過去の
パカッ
ぷ
か
沼底
もわもわ
ムムム

どんどん曇ってきた午後。さつま芋のおやつを作って食べて、コタツでボーッとしていたら、過去の嫌な思い出が心の沼底からぷか～っと浮かび上がってきた。ああ…。あったな。あんなこと。

今思うと本当に嫌だ。よくあんなことをしたものだ。過ぎてよかった。二度とあんなことはするまい。

心の沼の底から、時々浮かびあがってくるものがある。

1月6日（木）

パイナップルジュースのことをまだ後悔している。

今日も仕事をする気にならず、買い物へ。菊芋のつくねを作るために鶏(とり)ひき肉を買いに行く。

昼すぎてもコタツでボーッとしていた。どんどん時間が過ぎていく。

夕方、温泉へ。

するとなんと！

ボロボロだったサウナの内部がきれいになっていた。ふたつある浴場が男女で10日交替になっているのだが、大きい方のサウナは座るところの板がボロボロで、敷いたタオルにはまるでかつお節のように木のくずがついてきてた。とにかくものすごく傷んでいた。それが！

きのうとおとといの休み中にリニューアルしたそうで、浴場に入ったとたんにヒノキのいい匂いが流れてきた。サウナ内部の木の板があまりにも新品で最初緊張したほどだった。とてもうれしい。いい匂い、いい匂い。

ひさしぶりにゆっくりと温まったせいか、夜もいつになくぐっすり眠れた。

1月7日（金）

やっと仕事が予定したところまで進んだ。今朝から、今日はやらなければ、絶対にやらなければと気合を入れていたのだ。ホッとする。

コピーしたり、用紙を整理したり、あとは送る準備。


今日は穏やかないい天気。

ところで、昨日、思ったことがある。

去年から私は家の中のものを整理をしていて、重すぎる木のテーブルが不要だなあとか、たくさんのいらないものをどうにかうまく売れないかなとか考えて、少々焦り気味にいろいろ考えてきた。どうしても処分できないものが目に入るたびに焦る気持ちが強まって…。

でも、昨日ふと、もう別にいいか…と考えが変わった。重いテーブルもたくさんの小物も、あれもこれも。今ここにある、絶対に処分したいと思ったけどできなかったものたちを、今、この時点ですべて受け入れて、ここからスタートしよう。ここに残ったものを受け入れて、今、ここから。

そう思ったら、焦る気持ちがなくなった。見えて嫌だと思ったら押し入れにでもしまってしまおう。それほど困る量でもないし。

こだわっていたのがバカみたい。気が楽になった。

1月8日（土）

今、庭でいちばん目立つのは万両の赤い実。真っ赤でツヤツヤしている。そしてこの小さな木はいつのまにか増えている。鳥だろうか。さっき庭を1周しながら数えたら15本もあった。

お昼はパンとミルクティー。

パンをトースターに入れて、バターをのせて。

鍋（なべ）の紅茶がわいたのでパックの牛乳を入れようとしたら切り口からピュ－ッと牛乳が飛び出した！

かなりたくさん。対角線上の2ヶ所をハサミで大きく切りすぎた。真ん中を持ったから圧で飛び出したんだ。しまったなあと思いながら床やコンロをペーパータオルで拭く。次にパンの方に気を取られていたら、牛乳が沸騰して分離して寄せ豆腐みたいに固まってしまった。おお。茶こしで濾したらみごとに寄せ豆腐状態。紅茶色の。こんなのは初めて。

薪ストーブの薪を窓の近くに移動した。

その窓はモッコウバラのつるを長く伸ばし放題にしている窓。着ている服はモンベルの山用の薄いダウンだ。このモッコウバラは白い花が咲いて、小さな刺がある種類。うーん。刺がどうだろう。ダウンに絡みつくかもなあ…、と不安に思いながら薪を抱えてバラの下をくぐったら、何かが腕に引っかかった。

しまった！

2ヶ所も刺が刺さっている。やはり無謀だった。ここから白い羽根が出るかもなあ。今までもダウンに穴を開けたことがあった。そのたびにテープを貼ったりボンドをたらしたりして修理したけど。慎重にすればよかったと後悔する。

今日はなんだか落ち着きがない。

1月9日（日）

今日から王将戦七番勝負、第1局1日目。掛川にて開始！
凛とした空気。緊張感あふれる茶室。
パソコンで静かに観戦しながら目を上げると青い空。いい天気だ。

ピンポーンと鳴ったので出たら、セッセだった。しげちゃんと散歩の途中に寄ったのだった。そうか、今日は日曜日。いつもの散歩だ。玄関前の陽だまりでしばらく話す。ポカポカ陽気で、汗が出るほどだった。途中、上着を脱いだほど。

セッセと、我々の衝動的な性格について語り合う。思えばそれらはどれもしげちゃんとそっくりだ。わが身を振り返れば、ここに先輩がいる。まったくよく似ている。考えれば考えるほどよく似ている。母も兄も私も人の言うことを聞かずに即、実行。母なんてこのあいだまで将来の野望を語っていた。

しょうがないね。どうしようもない。そういう性分なのだから、と笑いあう。

私たちは気が弱くて、あえて強い人の言いなりになることが多いし、正直者はバカを見るということわざがぴったりかもしれない。でも、今、困窮してはいない。

あたたかい日

陽だまりで

おしゃべり

ポカ　ポカ

おっいー

ポカ　ポカ

ぬいだ

ポカ　ポカ

これでいいんだよね。

「逃した幸運もまぬがれた不幸もわからない」とセッセが言う。

そうそう。何がいいのかって、だれもわからない。世界規模の問題をいくら心配しても自分の力ではどうしようもない。できることは自分の目の前のことを日々、着実にやっていくだけ。

でもまあ、よかった。それほど大変な目に遭ってないから。どちらかというといい方かもしれない。と、言いながら、3人で私の畑をちょっと見て、そこで別れる。

ここ最近私がやろうとしているのは、冷凍庫の中の整理整頓。

保存食も常備菜も、よく考えたらひとり暮らしの私にはかえって負担だ。冷凍しても忘れていて食べきれないし、常備菜など作ったら毎日同じものを食べることになる。冷凍庫の忘れていたものを少しずつ消費しよう。1年以上前のレモングラスの葉っぱはハーブティーにして飲む。もう長期保存はしないようにしよう。そのつど食べ切る分だけにして、できるだけ循環をよくしたい。ひとりなのだから冷蔵庫に物を入れすぎないようにして、今何があるのかはっきりわかっているようにしたい。

さまざまなYouTube動画を去年からよく見ていたけど、昨日の夜、もうだいたい興味のあるのは見たから、今はあまり面白いと思うのがない、と思った。で、本を読むことにした。途中まで読んで置いていた本を。

静かに広げて読み始めたら、すごくよかった。

本はとても落ち着いている。声を出さない。


夕方、もうすぐ将棋の封じ手。じりじりと動きがない。

ただぼーっと見ながらそばにいる。でも「ぼんやりしながらそばにいる」ということの状態が大事なんだと思う。人でもなんでも。子育てもそう。子供に自己肯定感を植えつけるのはこういう時間とも関係がある気がする。


夜はチキンライスにしよう。

ケチャップは残り少ないけど鶏肉があるから。将棋を眺めながらチキンライスの絵を描いた。私はよく、その日のメニューを考える時にイラストに描く。家にある食材で、何を作ろうか、何ができるかなあ…と考えながら。

1月10日（月）

王将戦2日目。昨日はだれも思いつかないようなすごい手が藤井四冠から出て、まわりはすごい盛り上がりようだった。私にはわからなかったが。

どうなるか楽しみ。

さて、将棋の合間に去年の秋に一度お邪魔した木工アトリエにまたお邪魔する。今度は馬場さんが一緒に行ってくれることになった。

気温15度のポカポカ陽気。空は青空。さわやか。

アトリエのテーブルや椅子、小箱などの木製品をふたたびいろいろ見せていただく。前にもいいと思った木の座布団「木座」がやはりいいと思った。ふし穴が開いてて。

それから座面高52センチのスツールが2脚欲しいんですが、と話す。その高さの椅子がどこを探してもなかったのだ。いろいろと相談した末、自然素材の紐を自分で座面に巻きつけて作るキットがあるので、高さ52センチのものを作ってもらい、自分で巻きつけることにした。うん。その方が愛着がわくかも。

「木座」は次に来た時にまだあったら買おう。

お茶をいただき、少しおしゃべりして、将棋を観戦するためにいそいで帰る。

ものすごく白熱した対局だった。どちらが勝つか最後までまったくわからなかった。逆転逆転の応酬。緊迫した空気と疲労感で見終えてぐったり。

早めに寝たら、夜中にまた目が覚めてしまった。最近は畑仕事もないし、昼間に動いていないせいか体が全然疲れない。

そして温泉にも昨日と今日は行ってない。やはり温泉に入って体を疲れさせ、温めないとなあ。で、いつまでも眠くならないので、また夜中に起き出してご飯を食べる。晩ご飯用に作った玄米ご飯のかき揚げ丼を温めて食べたら玄米が硬すぎた。炊き方の設定を間違えてしまった。いつもは「ソフト玄米」にしてるのに。硬い玄米を何回も噛んで食べる。

1月11日（火）

明け方、雨が降ったようだ。起きたら曇っていてうす暗い。

今、モンゴメリの『青い城』を読んでいる。やはり好きだなあと思う。厳しく育てられて心が小さくなっていた主人公がやがて報われて羽ばたくという物語はモンゴメリの真骨頂。読んでいてものすごくうれしくなる。

子どもの頃は、怖いものがたくさんある。

怖い人、怖い言動、わけのわからない怖いこと。

それが、成長していくにつれ、恐れていたものがハッキリしてくる。怖いものの正体がわかってくる。性格が悪くて怒鳴っていた人、立場が上なので権力をかさに威張っていた人…。そういう構造になっているのか、イライラしてるからああなのか…なとなど。正体がわかると、そこからの逃げ方がわかるようになる。

なので私は大人になってからは、嫌な人に嫌なことをされない場所をできるだけ通るようにして生きている。仕組みがわかると恐れるものはないこともわかる。

今日は「温泉に長く入って、絶対に体を温めて疲れさせて、夜ぐっすり眠るんだ！」という強い意志をもって早めに温泉に行く。3時半ごろ着いた。

それから3時間弱、入っていた。じっくりじっくりじっくり。温泉、サウナ、水風呂(ぶろ)、温泉、と順ぐりにね。

浴場が男女入れ替わっていて、こちらのサウナ内部は新しくなっていなかった。ガクリ。でもまあ、3時間弱もいたので体がいい具合に疲れた気がする。

家に帰って、夕ご飯前にこまごまとした仕事を片づける。そのため、晩ごはんが遅くなってしまった。

途中はビクビクしても、最後には、なるほどこれでいいんだ、ちゃんとこうなっているんだ、と思えるようになる。

ニュースの記事で「笑顔の絶えない明るい家庭を築きたい」とこれから結婚するというスポーツ選手がうれしそうに話していた。それを聞いたとたん、おっと、それは難しい、と思った。

1月12日（水）

昨日の温泉効果か、夜中に目が覚めなかった。よかった。今日も長〜く入って体を疲れさせたい。

ヨッシーさんにちょっとお手伝いしてほしいことができたので、昨日の夜、ひさしぶりにラインして17日に家に来てもらうことにした。その時やりとりしたラインの内容を今朝、布団の中でぼんやりと思い出していた。

「なにか心にひっかかってる。なにか、ぼんやりと。重要なことが…」

うーん。なんだろう。なにかが。

あ、「帰省していた娘と孫が明日帰るので」だ。これだ。この娘さんというのは、昔作った『バイバイ　またね』という本の中でモデルになってもらった女性だった。近所の川の中で姉妹で犬と一緒にいるところを撮らせてもらった。そうか、今、帰って来てるんだ。今後海外に住まわれるかもしれなくて、そうしたらもうめったに会えないかもしれない。あの頃、高校生ぐらいだったかな。もう20年も前のこと。挨拶したい。

ガバッと飛び起きて、朝の8時だったけど電話した。そして、10時ごろにちょっと挨拶に行く、ということになった。

玄関の戸を開けると、娘さんとかわいい男の子がいた。男の子は最初は恥ずかしがっていたけど、だんだん慣れてきて、最後は手をひいて木彫りのクマの置き物を見せに連れて行ってくれた。

娘さん。あの時に一度会っただけだけど、大きくなっていて、変わらずきれいで、懐かしく、また、ありがたい思いも湧き上がる。短い時間、ちょっとだけでも会えてよかった。

家に帰って、しばらくしてから畑を見に行く。

今日は寒いのかと思ったらポカポカ陽気になってきた。畑の野菜が小さくしょぼくれて見える。でもよくよく見ると少量ずつでもいろいろ食べられる。昨日は小松菜とベーコン炒めを作った。丸まらなかった小さな白菜は葉っぱをかき取って煮物にしている。

畑から戻って、庭の渡り廊下を進んでいたら、なんと左の方向からクリーム色のしっぽの長い動物がサササッと走って来て、途中、立ち止まり、こっちを振り返り、右の方へと消えていった。

おお。テンか、イタチか。

急いでカメラを取ってきたけどいるはずもなく、すぐにパソコンで調べる。たぶんテンかも。かわいらしかった。でも、そうか、庭にテンが…。

前に買ったキウイ。堅かったので柔らかくなるまでとテーブルに置いておいたけど、全然柔らかくならない。堅いまましわが寄り始めた。これはもう熟さないかもなあと思い、家にあったみかん2個と八朔1個と合わせて簡単発酵ジュースを作ることにした。瓶に入れるのもめんどうなので、ガラスの水差しに果物の皮をむいてひと口大に切って入れて、甜菜糖を適当な量振り入れ、菜箸でかき混ぜる。ラップをかけて、しばらく様子を見ていよう。

午後になって、17日にヨッシーさんに手伝ってもらわなくてもよくなったので、そのことをラインで伝える。そして思った。昨日の夜、急にラインで連絡したのは、娘さんに会えるようにという天使の采配(さいはい)だったのかもしれない。

今日も体を疲れさせるために温泉に長く入る。サウナに水玉さんとふたりで入っていた時、私はあることに気づいた。

このサウナは温度にむらがあってカーッと燃えるように熱かったり、なんとなく低めだったりしてちょうどいいという時間が短い。今日は最初、カーッと燃えるように熱くて、水玉さんが「熱すぎてちっとも汗が出ない。唯一の楽しみなのに」と文句を言っていた。しばらくするとちょうどよくなって、「汗が出てきた。気持ちいい〜」とすごく気持ちよさそうに言う。

その時、私は尋ねた。

「気持ちいいって、どんなふうに気持ちいいの？」

「汗が出だすと気持ちよくなる」

「ふわ〜ってなるの？」

「スッキリする」

「ふ～ん…。こないだ一緒だったおばちゃんもサウナが好きで、気持ちいい～って言ってた。私は、あまり気持ちいいと思ってないわ。たぶん、その気持ちよさは感じてないのかも。温泉と水風呂を行ったり来たりしている時にぼんやりしてきていつまでも入っていられるみたいになって、その時の方がまだ気持ちいいかな。私はサウナの気持ちよさ、みんなが言うようなのは感じてない…」

ふう～、気持ちいい～って言う人がうらやましいなあと思った。本当に気持ちよさそうなんだよね。これと同じようなことを思ったのがマッサージ。マッサージを受けて気持ちいいとみんなよく言うけど、私はそれもあまり感じない。マッサージはいいとしても、せめてサウナであんなふうに気持ちよくなりたいものだ。いつかなれるかな。でも、これまでずっと入ってきてなってないんだから無理かな。

1月13日（木）

ちょっと前にNHKで放送された藤井四冠の四冠誕生にまつわるドキュメンタリー番組を今日、見た。その中の畠山（はたけやま）八段の表現に感動した。

「将棋の盤上の中の手はもうとてつもない数があって、藤井さんの中では星のように、あんな真っ暗な銀河にもきれいな星がいっぱいあるんだよと言っても、それが今の自分では、そのきれいなものを見れない、取り出せない、みんなに見せてあげられない、という事に悔しさを覚えているのかなと…」

それを聞いて、その景色をイメージして、くらくらっとめまいがするような感覚を覚えた。限りない、果てしない宇宙空間のようなところで戦っている、そういうところが私が将棋を好きな理由なのだが、それをよく表していると思った。

今日は順位戦があるけど歯医者の予約があるので車でブーッと行く。右下の虫歯の治療。以前から何回も詰めものがとれていた歯で、とれて歯医者に行くたびにまだ大丈夫のようですと言われてくっつけ直してきた歯。そこがやはり虫歯になっていたのだ。数日前、デンタルフロスを使っていた時にまたとれたが、入れ直して今日まで過ごした。やっとここを治療できると思うとうれしい。

治療の前に、先生に気になっていたことを質問した。

噛み合わせのことについて。私の歯は噛むと下の歯が少し左にずれている。上の歯と下の歯の真ん中が合っていない。これはいいのだろうかと聞いた。寝る時の歯ぎしり防止用のマウスピースはこれから作る予定になっているが、昼間はどうすればいいのか。今のちょっとずれたままでいいのでしょうかと。すると先生も自分の歯を見せてくれて、わずかにずれていた。このずれは、あるポイントがちゃんとなっているなら問題はないとのこと。人の口の中は髪の毛1本でも入っていれば違和感に気づくほど感覚が繊細だ。なので昼間はそれほど気にしなくてもいい。問題は夜寝ている時で、就寝時の歯ぎしりや噛みしめの力はとても強い。それを保護することの方が大事です、と。

よかった。聞けて。

それから虫歯の治療。麻酔の注射を打って、ジジジーと削る。口を大きく開けている時間が長かったので、途中、咳をしたいような気持ちになって困った。あれは苦しい。我慢したけど。

ぐったりと疲れて、途中、買い物して帰る。

なんだか昨日の夜、夢を見た。

半分に切ったキャベツが4つ並んでいて、ひとつが人生の25歳。全部で100歳。今は25歳のところ、という夢だった。

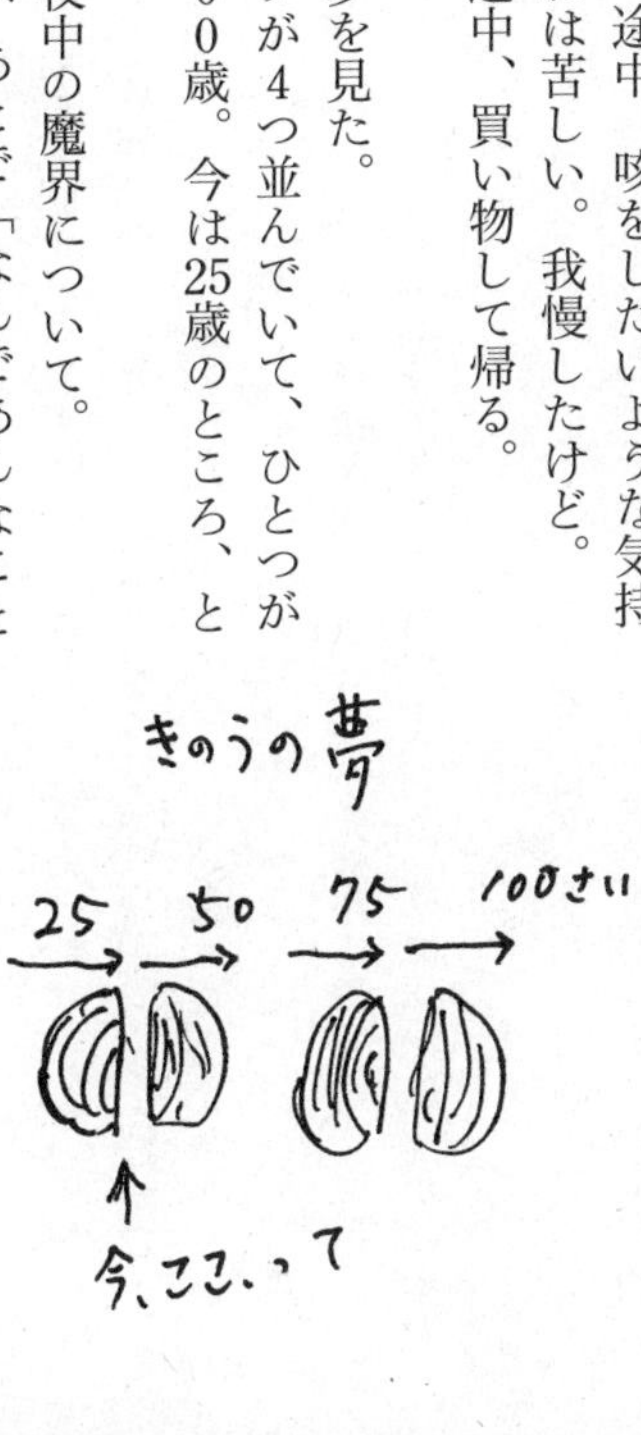

あ、そういえば、真夜中の魔界について。

夜中に考えることは、あとで「なんであんなことを」というようなことが多い。次の朝に後悔するような買い物をしたり。

で、昨日の夜中のこと、また目が覚めたので YouTube 動画を見ていた。なんとかっていうミトコンドリアを活性化するという健康器具を開発した方が出ていて、聞いているうちに興味を覚えた。それはいろいろなサロンでマッサージみたいに体験できるらしい。

家の近くにないかなあと調べたら、車で1時間程のところにあった。きれいにデザインされたホームページを拝見すると、その小さなサロンは女性専用で、女性がひとりでやっていた。エステやアロマ、さまざまなマッサージ、自然食、なんとかかんとか。女性の美と健康に関するありとあらゆるものがぎゅう詰めになっている。お写真を見ると頑張り屋で働き者という感じ。資格や免許もたくさん並んでる。そこに行ってその器具を体験させてもらおうかと思った。ホームページのアイコンをスマホのホーム画面に追加までした。

しばらくしてよく考えたら、私にとって、そういうところは最も行ってはいけないところだったと思い出した。昔、さんざん行って、行くたびに気を遣って、お金払ってぐったりと疲れて帰ってきたではないか。いかんいかん。

それに自分よりも年下の先生というのは私には要注意。異様に気を遣う性格なのでバランスがおかしくなってしまう。まあ、別に今、身体に不調もないしね。

すぐにホーム画面に貼りつけたアイコンを削除した。

真夜中には魔界に続くドアが開く。

でも、あのクルクルする丸い器具には興味があるので、この先、自然な流れで体験する機会が訪れたら、即、体験したい。例えば、どこかの町で時間をつぶさなくてはならなくなって、目の前にその器具を使ったシンプルな治療院とか整体みたいなのがあったら、ふらりと入って体験する、みたいに。

夕方、温泉へ。

駐車場に車をとめて、バッグを取り出した時に気づいた。

「あ、小さいタオル忘れた」

いつも、お風呂場のタオル掛けからバスタオルを取ってから、トントンと数歩歩いてクローゼットの棚からサウナ用の小さいタオル2枚を取る、というのが一連の流れになっている。それが今日は、違う場所からバスタオルを取ったので、いつもの流れが崩れてしまい、小さいタオル2枚を取る動作が抜けてしまった。

ありますよね。そういうこと。

で、ああ〜、どうしよう。あの2枚がないとサウナで困る。一瞬、家に戻って取ってこようかと思ったけど、それも面倒だ。車の前の物入れにハンドタオルを1枚常備しているので、とりあえずそれを取り出す。

サウナのタオル2枚セットの1枚は、亡くなったおじいちゃんの何回忌かにセッセが作った大きな名前がドーンと入った緋色(ひいろ)のタオル。おじいちゃんが好きだったというお酒の絵が入っていて、名前はそのままではつまらないので文字の輪郭が波状にうねうねとしている。人に見せられないようなタオルである。それを私は、サウナにちょうどいいやと思い、愛用していた。もう1枚はJAでもらった金魚のタオル。同じのを3枚持っている。サウナの常連さんに色違いを持っている方がいらして、ひそかに親近感を覚えている。おじいちゃんのを下に敷き、金魚のを上にかぶせて寝転がるのがいつもの習慣だ。

あれができなくなる。

しかたがないので、バスタオルとハンドタオル両方を手にサウナに入ったら、狭いサウナにけっこう人がいた。4人。タオルを忘れました…と言いながらバスタオルを下に敷く。車の中に予備のタオルを常備しておかなければ。

夜。順位戦は白熱。終わったのが夜の12時過ぎで、私はウトウトしながらやっとの思いで最後まで見届ける。

1月14日（金）

昨日は朝までぐっすり眠れた。最近は夜寝る時間が早すぎたので夜中に目が覚めていたのかもしれない。お酒をまた飲み始めたからすぐに眠くなって眠り、夜中に目が覚めるというパターン。うーん。ヒマなんだな、今は。

そろそろ確定申告の書類を作る時期だ。

昨日、会計作業をやろうとアプリを立ち上げ、中を見ようとしたら、「アドビリーダーがインストールされていないので開けません」と出た。

え？

先日まで開けてたのに。どういうこと？

何度確認してもアドビリーダーはちゃんとインストールされている。試しに一度、アンインストールしてもう一度インストールし直したけど同じ結果だった。他にも考えられることをすべて試みたけど、ダメ。

ああ〜。わからない。ネットで検索してもわからない。このまま開けなかったら確定申告ができない。どこか、だれかに、パソコン緊急隊みたいなところに相談しなきゃいけないのだろうか。うーん。困った。

で、今朝がた、布団の中で引き続き考えていて、会計ソフトの会社に相談しよう、と思いついた。「やるぞ青色申告」という箱を本棚から取り出して、パソコンを開く。

そのソフトのサイトを開いたら、いちばん上にドーンと大きく「アドビリーダーがインストールされていないので開けませんという不具合について」というお知らせが。なんと！　ソフトの不具合だったのか。よかった、ここを見て。で、わかったのは、アドビリーダーが最近進歩してしまい、このソフトがそれに対応できなかったからだった。対処法もでていたので、その通りにやったら、直った。

ああ〜。よかった。

つい最近、私の定期購読マガジンでもわからないことがいろいろあって、考えた末、今月いっぱいで定期購読マガジンという形は停止して、来月からは月ごとの有料マガジンに変更することにしたのだが、ネット社会の進歩にどこまでついていけるか、と静かに思うこの頃。

天気がいいので洗濯をして外の干し場に干す。曇りの日は部屋の中。

車に予備のタオル2枚と中ぐらいのタオルを入れる。ついでにティッシュひと箱も。エコバッグは3つ、すでに入っている。

午前中、細かい仕事をして、午後、ズームで幻冬舎（げんとうしゃ）の菊地（きくち）さんとごはんの本の打ち合わせ。ズームも知ってる人だと緊張しないんだなあ。画面を小さくすると案外平気だ。普通に話せる。ちょっと慣れたのかも。

打ち合わせのあとのおしゃべりで、最近またいろいろと作りたい本のアイデアが湧き上がってきていること、活字離れと言われているけど作れる限りはたくさん本を作りたい、今の時代に紙の本を作れるというのは本当に貴重で贅沢なことだと思う、私には宝物に思える、などと熱く語る。菊地さんも本づくりが大好き。本作りが好きな者同士、たいへん気分が盛り上がった。

ネットの中のきれいな景色は機械の中でしか見られない。電気がなくなったら一瞬でパッと消える。それを紙に印刷して、一冊に閉じて、手に持てる形にするなんて、ものすごく労力がいる。私から見ると、本作りという作業はまさに宝物を作る作業だ。いつかもうすぐ、紙の本がなくなって、本がとても貴重な世界になるかもしれない。その前にできるだけ紙の本を、手に持てる本を、電気がなくても消えない、地面に長く埋まって未来の誰かがそれを見つけた時に文字の意味が何だかわからなくてもそれを手で直にさわれる、本というものをたくさん作りたい。

それから畑を見に行ったり、なんとなくすごして、ふと近くのカフェのメニューでも見るかとスマホを見たら、「自家製のカラスミができましたので少しですがお分けします」という案内が。去年から楽しみにしていたものだ。すぐに電話して、車で買いに行く。小ぶりなのをひとつ買った。

家に帰って、カラスミを食べるならカラスミ大根にしなくちゃ！　と思い、最後の1本になった大根を畑に抜きに行く。長さ20センチぐらいの小ぶりの大根だった。まっすぐに育つように丸い杭を打って穴を開けてから土を戻して植えこんだので、二股にはなっていない。

夜につまみで食べよう。カラスミ大根。

温泉に行って、「カラスミ、カラスミ」と思いながらじっくりと温まり、家に戻る。いそいそとカラスミ大根を作る。今日掘ってきた大根は中央が黒くなっていてあまりいい状態ではなかった。でも黒いところを取り払って、薄くスライスして味見したら、ものすごく甘くておいしかった。

おお。

カラスミを慎重に切って、鉄のフライパンでちょっと炙る。それを短冊形にスライスした大根で挟んでパクリ。

おいしい。カラスミ、おいしい。

1月15日（土）

朝方すごく寒かったので、ひさしぶりに薪(まき)ストーブを焚(た)いて、床暖房もちょっとつけた。曇り空で、遠くに見える山の上には雪が積もっている。あの雪が積もっている間は山から吹く風が冷たい。その冷たい風を「霧島おろし」というのだそう。お風呂(ふろ)で元気さんが教えてくれた。

今日は出版社から頼まれたサイン色紙を30枚ほど書く。『庭は私の秘密基地』がもうすぐ出来上がるから。書店さんのお名前を書き間違えないように、じっとリストを見て何度も漢字を確かめる。横棒みっつ。縦の線はここまで。点がある。下に短い横線。点はない。この棒は突き通す。

私は漢字が苦手。2枚、間違えた。すごく時間をかけて慎重に書いたので終わってぐったり。2時間はかかったかも。宛名(あてな)を間違えないようにする緊張感はすごい。

そのことでもう今日は過ぎた。

あとは温泉に行って、最後、晩ごはん。

ネットフリックスで映画「ドント・ルック・アップ」を見る。ディカプリオ演じる科学者が半年後に彗星(すいせい)が落ちてきて全員生きられなくなると言ってるのにそれを信じようとしない人々や政治家たちをめぐるコメディタッチの映画だった。何か大変なことが起こるという時に人々がとる行動はさまざまで、何を信じるかもさまざま。今のコロナ対応にも通じる気がしておもしろかった。ところどころ休憩しながらだったけど見終えた。

昨日見た「傲慢な花」という映画は、一番トップに出てきたのでなんだかおもしろそうと思ってついうっかり見てしまったけど、B級だったなあ。途中で、あれ？　もしやB級？……と嫌な予感がしたんだけどその通りだった。

「ドント・ルック・アップ」でいちばん好きだったのはエンドロールが出る直前のあの未来の場面。

1月16日（日）

将棋の朝日杯の日。

始まる前に買い物へ。「空飛ぶ玉ねぎ」という新玉ねぎが甘くておいしいよと水玉さんに聞いたので買いに行く。2軒目のお店でこれかなと思う玉ねぎを買った。私は生の玉ねぎは苦手。でも辛くないよと言っていたから。

セッセとしげちゃんが来たので今日は寒いからコタツで話す。セッセがスマホの電話を途中で切れないという問題をいろいろと実験してやっと解決した。間違って電話をかけた時、相手が出る前に切るということができなかったそう。

セッセが買い物に出かけたのでしげちゃんといろいろ話す。今は好きなことしかしていない、過去のことも未来のことも考えない、目の前のことだけしか考えない、と言っていた。そして気になることはセッセのお嫁さんのこと、とまだ言っていた。

本が好きなので私がコタツの上に置いていた本を開いてずっとながめている。たぶん内容を読んでいるのではなく本を読んでいるという状態が好きなのだろう。なので帰りに私が読み終えた本をあげたらすごく喜んでいた。またあげよう。

朝日杯、藤井四冠は永瀬王座に負けてしまった。

晩ごはんに「空飛ぶ玉ねぎ」をスライスして食べてみた。うーん。確かに辛くはないけど私はやはり生の玉ねぎは苦手だ。

トンガの海底火山が爆発した影響がどうとかってニュースで。

1月17日（月）

好きなパンツとは？

今日は薄曇りながら陽が射している。なので洗濯をして外に干しに出た。

サウナ用のタオルセットを3組、ふんふんふん～と気分よく干す。パンツも干す。

干しながら思った。今干しているのはしまむらで去年の秋に買った3枚1000円ぐらいの綿のパンツだ。こういう安いパンツは使っているうちになんとなく古ぼけてくるのでもう買い替えようと思い、お正月にサクとイオンに行った時にもう少し高いのを数枚買った。しっかり包み込んでホールドするようなの。それを持っていつもの温泉に行ってお風呂上りの汗が出ている時にはこうとしたら、ものすごくはきづらかった。汗で足にはりついてなかなか上に持ち上がらない。キーッと思い、次の日から前の綿のパンツに戻した。捨てようと思ってたけど、びょーんとよくのびてお風呂上りにはくのには最高。なので私の下着用の引き出しには新しい高いパンツが使われることなく待機している。お風呂上りにはよく伸びるのがいちばん。温泉がよく温まるので汗がなかなか引かないせいかもなあ…。家だったら汗が引くまでバスタオルで気ままにしていられるので問題ないんだけど、温泉の脱衣所は人が多いし急ぐからね。

動画を見てると、「ポイントを3つ、紹介します」と、猫も杓子(しゃくし)も3つ、って。

1月18日（火）

スマホの充電ケーブル。

つけ根のところがぐらついてきて、また壊れそうになってるのに気づいた。まずい。どうしようと考え、その部分がそれ以上左右に動かないように補強することにした。いつだったか、使い終わったボールペンを解体して中のバネを取り出してそこに巻きつけるといいということを聞いたが、それでは間に合わないほど危機が迫って来てる。で、セロハンテープでぐるぐる巻きにした。

いい感じ。透明なおいしい飴ちゃんみたい。

道の駅できれいな色のキノコを買った。ピンク色のはトキイロヒラタケというらしい。サッとゆでてお浸しに。油で炒めてソテーに。なかなか美しい。

天気がよくて一見ポカポカしてるけど、風が吹くと冷たい。

午後、ブルーベリーの木の剪定をした。去年の夏、ブルーベリーの実がたくさん生ったけど実の大きさが小さかったし、枝がもじゃもじゃ伸び放題だったので、剪定をしなければと思い、動画を見て勉強した。冬になったら強剪定をしようと思っていて、ついに今日、実行する。

でも、実際に始めたらすごく難しい。さまざまな動画で見た枝ぶりとはやっぱり違うし、もう、こうなったら今年の実つきはあきらめて、いったん胸ぐらいの高さに切り揃えようと思った。高く伸びて手が届かないほどだったから。

そして、本来は古い木の枝を徐々に新しい枝に更新する必要があったらしいが、それも知らなくて古い枝をずっと残していて、新しく伸びてきたのを結構切ってしまっていた。その更新作業もこれから時間をかけてやっていこう。

いつもの温泉へ。

お正月が過ぎて人も少ない。サウナでゆっくり時間を過ごす。途中で何度も入る水風呂（ぶろ）はまだ切るように冷たい。足を無数の針が刺すよう。「痛い〜」と言いながらいつも飛び出る。

外に出たら満月ピカリ。

1月19日（水）

凍結注意のお知らせが有線で流れていたとおり、今朝はグッと冷え込んだ。水道の水は出たけど屋根で温められるお湯の方は出なかった。

昼間は雲ひとつない青空。

ブルーベリーの剪定の続きをする。あまりにもねじくれて絡まっている枝をバッサバッサと切り落とす。さっぱりとさせることを目的に。
一生懸命にやったら汗をかいた。

発酵パイナップルジュースが完成したので飲んでみる。おいしい。けど、どうやってこれを全部飲み切ろうか。

1月20日（木）

ブルーベリーに引き続き、ずっとやりたかった庭木の剪定をする。
まずこれは絶対にと思ったのが、網のフェンスに枝を絡めたまま生長してしまった木を切ること。3年ほど前、フェンスぎりぎりに生えていた木があった。いつのまにか生えていた木だ。木の幹が3〜4センチあって高さも2メートルぐらいある。そこから伸びている1センチぐらいの太さの枝をフェンスに絡めて目隠

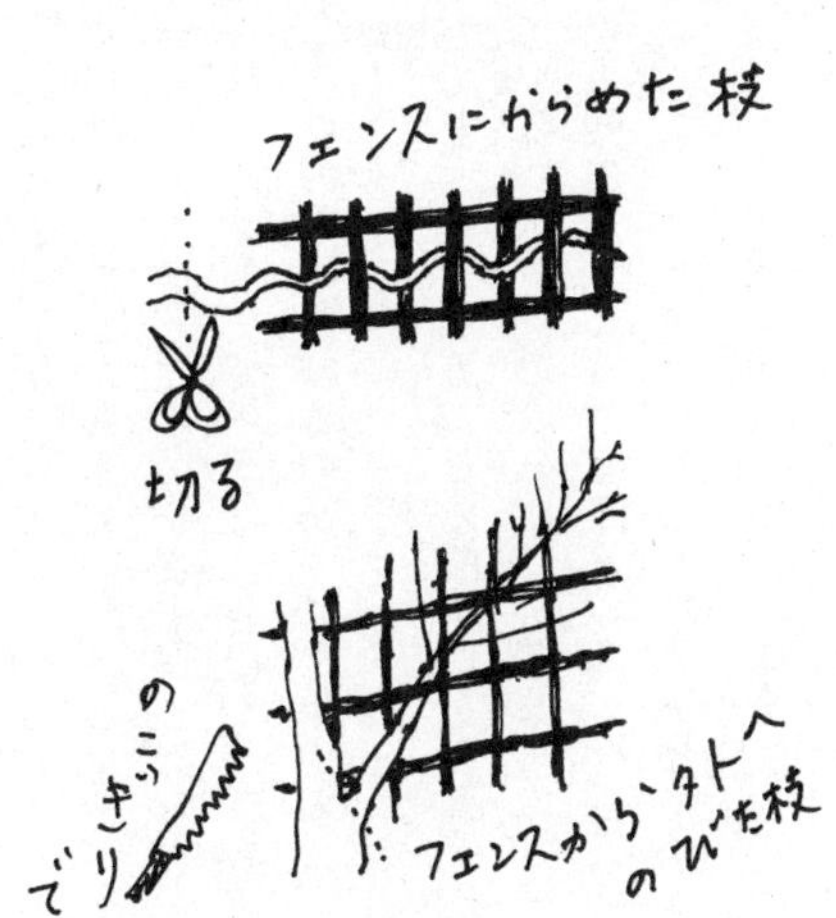

しにしようと思った。長くて細い枝をフェンスにくねくね編み込んだ。他の枝もフェンスの穴から外へと伸ばした。これで生きた目隠しになると喜んでいたけど、今、その枝が太くなって、フェンスに食い込んでいるものもある。このまま生長したら大変だと思い、絡まっている部分を切ることにした。ノコギリでギコギコと切る。編み込んだ枝も取り外す。外へと伸ばした枝も切る。この木は伸びるのがすごく早いので、切り口からまた新しい枝が伸びていくだろう。

それからユズリハを剪定する。この木はとても大きくなる木だ。向かいから種が飛んできたのだろう。うちの庭に何本も生えている。大きいのから小さいのまで6、7本はあるかも。このまま放っとくとこれまた大変になりそう。う–ん。

いくつかの木を剪定しただけで庭も気分もとてもスッキリとなった。充実感もある。まだまだ剪定しなければいけない木がたくさん。気が引き締まる。

木を切って疲れたのか、お昼ごはんのあとにクーッとコタツでうたた寝した。これこれ。この疲労感を求めていたのだ。もっともっと体を動かして、疲れたい。

夜は、水玉さんおすすめの揚げるだけの手作りエビフライを買ってきて揚げた。とてもおいしかった。エビが大きくてプリプリしてるよと言ってたけどその通り。これはいいものを教えてもらった。

晩ごはんを食べたあともまたコタツでスーッとうたた寝。映画を見ていてウトウトして何度も巻き戻して、ついにダウン。夜中に目が覚めなければいいが。

1月21日（金）

朝までよく眠れました。

今日もいい天気。

引き続き剪定をがんばる。今日は大きく育った枝がグルグルに絡まってるレンギョウとグミ、アベリアなど。特に曲がってる枝は地際からノコギリで切って枝ごと抜く。木から抜くのがまた大変。他の枝と絡まっているから。

大きな枝を抜いてはポーンと通路に投げる。枝捨て場まで何度も往復した。

馬酔木（あしび）の木は大きくなりすぎたので3本ぐらい枝を切って樹形をコンパクトにする。

作業中、足元をふと見たら小さな青い実が。きれい。ジャノヒゲの実だ。

それから萩（はぎ）の枯れ枝を切る。枯れた花やシダもちょこちょこ取る。

今日も汗をかいて、疲れた。

午後からは買い物に行ってクリームシチューの材料を買う。昨日サウナで水玉さんがクリームシチューの話をしていたのでつい。

夜。クリームシチューを作って食べた。畑のカブと青菜を入れた鶏肉のシチュー。

昨日、宮崎産アールスメロンをさんざん迷って買ったのをすっかり忘れていた。

夕食後にバニラアイスと一緒に食べる。半分にカットしたメロン。贅沢…のわりにはあまり甘くなかった。今は1月。なんで買ってしまったのだろう。見本がおいしそうだったのでついうっかり。

1月22日（土）

昨夜は夜1時ごろ、地震で目が覚めた。大分で震度5強とのこと。特に被害はなかったけどだいぶ長く揺れてた。

今日は王将戦第2局。コタツに入り込みじっくりと観戦する。ついでに仕事の細かい作業をコツコツ。

昨日の残りの半分のメロンをひと口大にカットしてガラスの器に入れる。砂糖をまぶしてしばらく置いて、またバニラアイスと食べたら今度はおいしかった。

巣ごもりしているみたいにちんまりと陣取ったコタツの中からふと横を見ると、床にインドで買ったアルミのお玉と混ぜるやつが落ちてる。

うん？

そうか、昨日の地震で。棚にぶらぶら引っかけていただけだったから、ゆら〜りゆら〜りのゆれで落ちたのか。

落ちたものはこれだけだった。


午後、遅いお昼。冷凍しておいたエビフライの残りのうち2本を取り出す。うどんがあるので天ぷらうどんにしよう！

いそいそと付け合わせのねぎと小松菜を畑に採りに行く。

エビフライを揚げて、うどんにのせて、いざ食べようとして、あれ？　と気づく。

天ぷらうどんじゃない。

これはエビフライうどんではないか。間違えた。わははは。

でもまあ、おいしくいただく。

夕方、封じ手が終わった。今日一日が終わった。

1月23日（日）

二日目。昨日から差が開いていたのが、今日になってすぐにもっとはっきりとなった。藤井四冠の優勢のまま、時間が過ぎて、終わった。

ふぅ。

私はずっと見ながら細かい仕事をしていたので忙しかった。

1月24日（月）

シトシト雨。一日中降り続く雨はひさしぶり。

乾いていた空気が雨でしっとりとなってなんだか落ち着く。

ぼんやりしてるとあっというまに時間が過ぎてる。

夕方、いつもの温泉に行ったら誰もいなかった。コロナで自粛か。

しばらくしたら水玉さんがやってきた。

「みんな自粛してて、私たちみたいな若手しか外に出ないのかな」と水玉さんに話す。

常連さんたちの多くは年上なので私たちは若手だ。

静かな浴場、静かなサウナでのんびり優雅にくつろぐ。

こんなのもいいねえ…。

夜はすき焼き。

1月25日（火）

午前中、野菜の種の整理をした。今ある種の袋を数えたら65袋もあった。それらをきれいに拭いて、ジャンルごとに分けてまとめる。それから春に蒔きたい種でここにないものをネットで注文した。

午後は仕事をしてから温泉へ。

夜はタン塩焼き。

1月26日（水）

歯医者さんへ。

先日型取りした歯にゴールドを詰める。やっとだ。もう外れないだろう。これで安心。

この詰めものが取れたエピソードで印象的だったのが、カタログハウスの通販で買ったジェット水流で歯を洗浄する器具を使った時のこと。これはよさそうと思って注文して、届いたのでいそいそと洗面所で使ったら、一瞬でその歯の詰め物が取れてしまった。で、また取れたらいやだなと思ってすぐにその器具を捨ててしまったという思い出。たぶん歯と詰め物とのあいだにすき間があいてたんだと思うんだけどね。今思うと、別に捨てなくてもよかったんじゃないか。でもそういう性格だからなあ。

さて、これで軽い虫歯3本の治療が終わった。次は就寝中の噛みしめ対策のマウスピースを作る。楽しみ。

買い物をして家に帰る。天気がよく、ポカポカ。

2～3時間は食事をとらないようにと言われたので、なにしよう。そうだ。さくらんぼの木の強剪定を今からしよう。

庭のさくらんぼの木。ずっと伸びるにまかせていた。今、5～6メートルはあるだろう。さくらんぼがよく生ってるけどあまりにも高すぎて採れない。それで、思い切って強剪定をして採りやすくしたい。さくらんぼの木は柔らかいから強い剪定をすると木が枯れるかもしれない。なのでしばらく迷ったけど、やってみたい気持ちが強く、やってみることにした。

ノコギリ、剪定ばさみ、切り口に塗る腐敗防止薬を用意する。切る前に、さくらんぼの木に「これから剪定しますがよろしく」と短く挨拶。

せん定に汗だく
れんぎょう　ぐみ　ブルーベリーなど
長い間のばしっぱなしだったので内側で
枝がぐるぐる
からまってた
かなりスッキリとなりました
ギコ
ギコ
さくらんぼ
かなりバッサリと
うーん
大丈夫かな……

そして大きな枝を3本切る。

2本目の大きいのを切った時には途中で一瞬後悔した。もうすぐ切り離されるってところまで切ったはいいけど、上に大きく伸びて広がってる枝はかなりの重さで片手で支えることができず、このまま手を離したらどこに倒れるんだろうと不安になった。誰かに助けを借りようとあたりをきょろきょろ見回したけど誰もいない。ミシミシといいながら塀の方に倒れてころがった。こっちは隣のシマトネリコとソヨゴの上に倒れた。

思いながら最後の3本目を切る。大きな枝を切る時は気をつけなければな、と
本当に大変だった。汗がどっと出て、どっと疲れた。

あまりにも疲れたのでしばらく気持ちが落ち着かず、お腹も空いていたので買ってきたイカ刺しとご飯を食べてやっと落ち着いた。

ふう…。

今日はもう何もできない。

さくらんぼの木の強剪定。剪定の人に頼んでもよかったんだけど、自分でやってみたかったのです。

酵素発酵ジュースについて。

3カ月前に仕込んだパイナップルの発酵ジュースを最近飲んで、最初の2回は、飲

んですぐにお腹が痛くなった。お腹というか、胃かな。痛みは15分ぐらいしたら治まった。そして、中の実を食べてみたらお酒のような味がした。発酵しているから。私は空腹時にアルコールを飲むと胃が痛くなるのだけど、あれとよく似た痛さだった。ジュースを飲んだのも空腹時だった。だからかも。お腹が空いている時には飲まないようにしよう。

中の実を取り出してヨーグルトと一緒に食べようと思い、そうした。実は透明な黄色でとてもきれいだった。味はそれほど甘くなく、発酵した味がした。あまりおいしくないなあと感じた。

実とジュースを分ける。ジュースはガラスのポットに入れた。大量の実をどうしよう。あまり食べる気にならない。細かく切って砂糖を加えてジャムにしようか。大量なので4つに分けた。3つは袋に入れて冷凍庫へ。

残りを細かく切って砂糖を加えて煮込む。できた。それでもまだあまりおいしくない。むむ。これは困った。でも、少しずつヨーグルトに入れて食べよう。

そういえば、前に買ったりんごの発酵ジュースもそれほどおいしいとは思わなかった。ずっと前に初めて飲んだ自然派アイスクリーム屋で買った発酵ジュースもそういえばこういう味だった。なんというか、ほの甘くて、腐ってはいないけどちょっと腐ってるような味で、体によさそうな…。もしかすると私は発酵ジュースは好きじゃないかも、とハッと思った。
そうだ。あまり好きじゃないや。
今作ってるブルーベリージュースとキウイとみかんのジュースはあまり長く発酵さ

ちょっとまった!!

訂正します!!
このあと、
トマトや
キウイの発酵ジュースを
分けていただき、
飲んでみたところ、
すごくおいしかったんです。
なので、
嫌いではありません。
好きです。おいしいのは。
パイナップルもやっぱおいしい!

せずにただのジュースとして飲もうか。去年作ったぶどうジュースは感激するほどおいしかったではないか。

今日わかった。たぶん私は発酵ジュースはそれほど好きじゃない。

夕方。温泉へ。

オミクロン株がますます増えているせいか、今日も人が少ない。

水玉さんと元気さんと3人でサウナで話す。元気さんは最近山でクヌギなどの枝にしいたけの菌を打つアルバイトをしているといってその様子を教えてくれた。小さな駒を金づちで打ち続けるので腕が痛くなるそう。

原木しいたけは一度買うと木がボロボロになるまで何年もしいたけが出てくるという。そうなんだ。今度見かけたら私も買ってみようかなと思った。

ずっと前に一度、原木しいたけを買った覚えがあるけど何年も出てくるとは知らなかったのでワンシーズンとり終えたら「これだけか…」とがっかりしたのを覚えてる。あのまま置いといたらまたしいたけが出てきたのだなあ。

今日する予定の仕事があったけど、結局何もしなかった。歯医者とさくらんぼの木でエネルギーを使い果たしたのだった。

夜は虹鱒（にじます）の塩焼き。

1月27日（木）

『赤毛のアン』の作者モンゴメリが書いた『青い城』を時間をかけて読み終えた。いつものごとく最後、グッときて泣く。やはりこの人の小説世界は好きだ。

道の駅に黄色い蠟梅（ろうばい）が売っていたので買った。ほのかないい香り。台所のテーブルに飾って近くを通るたびにクンクン匂いをかぐ。

夜、映画「オオカミの皮をまとう男」を見る。人里離れた雪深い山の上でオオカミ猟をしながら生きる孤独な男の話。見ていて何とも言えない気持ちになった。世界にはさまざまな国や文化、慣習がある。今、日本のここにいられてよかったと思った。登場人物もセリフも少なく、雪景色は美しく厳しく。好きではなかったけど、なぜだか引き込まれて最後まで見た。

この時代のこの町の住民でなくてよかったと思ったけど、もし私が今この町にいたら、それはそれで、そこで私らしく生きているだろうとも思う。

1月28日（金）

わりとポカポカ陽気。

仕事をして、あいまに庭と畑を回る。

急にそう思ったのはなぜだったろう。どうして思いついたのか。

チェーンソーを買おう、と。

さくらんぼの剪定枝を短く切らなければいけないし、ガレージにあるたくさんの木の枝の処理にも頭を悩ませていた。ノコギリで切ろうか、どうしようか。

でもかなりたくさんあって大変だなと感じていた。

チェーンソーに関しては、怖い映画をたくさん見たせいか、危険で恐ろしい印象が強くて、今まで欲しいとはまったく思わなかった。でも急に、小ぶりのチェーンソーを買ってそれで枝を切ろう、ノコギリで切るのはあまりにも大変だ、と思った。それがあったらこれからの剪定作業にも大いに助かる。

ピカリと明かりが灯（とも）ったよう。

そしてどんなのがあるか調べたら、なんと、小さなピストル型のハンディソーというのがあるではないか。これなら怖くない。しかしたくさんのメーカーから出ていて、

ガレージの中、小物作り用に、
もらった
たくさんの木の枝・切りかぶ、
こまかく切って
たきつけに
しようか…

自分にあきれる。
情熱の
あとしまつを
しなければ、

どれを選べばいいかまったくわからない。

気になりながら温泉へ。

サウナに入ったら4名の人がじっくりと温まっていた。水玉さんもいたのでチェーンソーのことを質問してみたけど、みんなあまり詳しくなさそうだった。帰りにホームセンターに行ってとりあえずどんなのがあるか見てこようと思い立つ。

ホームセンターに行ったら、いろいろなのが並んでいた。ハンディソーはなかったけど、それよりもひとまわり大きい、わりと軽いのがあった。庭木の枝切りに特化したものらしい。両手で使うタイプ。お店のおじさんにいろいろ聞いて、これがいいかもというのをひとつ決めた。パンフレットをもらって、考えてまた買いに来ますと言ったら、おじさんは「明日(あした)は休みだけど、あさってはいるよ」と言う。もし、どうしても早く欲しかったら明日買いに来るかも、と伝える。いいのがあった。よかった。とてもうれしくてずっとワクワクする。

1月29日（土）

今日明日は王将戦第3局。

昨日、あれからまたチェーンソーについて調べた。いろいろ考えると、やはり片手で使えるピストル型の方がいいかもと思えてきた。私が使うのは木の剪定(せんてい)時の枝払いがほとんどで、枝の太さも大きくて5センチくらいだろう。両手で保持するタイプだと切る時に枝を支えられない。片手タイプの方がいいかも…。

庭の先輩にも電話で相談した。セッセからも「こういうのがあるよ」と片手タイプのハンディソーの写真が送られてきた。

よし。今日、将棋のお昼時間に隣町のコメリに行ってこよう。そこなら片手タイプのがあるかもしれない。

昨日のサウナで、最後あたりに水玉さんとふたりだけになった。

「おととい道の駅に行ったらわらび餅があって、私はふだんわらび餅にはぜんぜん興味がないんだけど、その小ぶりのわらび餅に何かを感じて買ってみたら、すごく繊細でおいしかったの。250円。で、昨日もあったら買おうと思って行ったら昨日はなかった」と話す。

「ああ。それ、和食の板前さんが作ってるんだよ」

「やっぱり！　素人のとは違うと思った」

「その板前さん、もうひとつ、レンコンを使ったのを出してるよ」

「あ！　豆腐を使ったさつま揚げにレンコンを載せて揚げたのじゃない？　それも好きで、あると買ってる」

「そうそう」

「そのふたつだよ、私があそこのお惣菜で買ったものといえば。あと白鳥温泉の鶏の炊き込みご飯もだけど。なんだか食に対する勘が冴えてきてるのかも」

ホント、あのわらび餅はふるふるしていておいしかった。またみつけたら買おう。

将棋のお昼時間にコメリに行ったらなかったので、昨日行ったナフコにまた行く。やはり片手タイプはなく、通販で買おうかなあと思いながら帰る。

それから私のお昼のカニチャーハンを作る。先日スーパーで冷凍の茹でたカニを見て、いつもならまったく興味を持たないのになぜかこれでチャーハンを作ったらおいしいかもなあと思って買ったもの。殻から身を丁寧に取り出して、カニと玉子だけの具だくさんカニチャーハンを作ったらとてもおいしかった。

夕方6時に将棋の封じ手。続きはまた明日。

電気代…。

先月、ぐっと寒くなったので夜じゅう寝室のデロンギヒーターをつけていた。何日も何日も。それでもなかなか暖まらなくて壊れたのかなと思ったりした。今月になって、エアコンの方がとりあえずすぐに部屋の空気が暖まるからと、デロンギヒーターはやめてエアコンの暖房に代えた。そして今日、先月の電気料金がわかった。デロンギヒーターを使わなかった月よりも1万円以上高かった。そうか。電気代が高いと聞いていたけど、こういう感じなのか。

1月30日（日）

王将戦二日目。

将棋を見ていたらセッセとしげちゃんがきた。日曜の散歩か。庭を一周してからコタツで少し話す。その後、曇り空の下の堤防へと散歩に出かけて行った。

終日、コタツで将棋を見る。仕事もちょっとだけやる。じりじりとした展開。藤井君が勝った。3連勝。すごい。

またいろいろ調べて、チェーンソーの欲しいのが見つかった。

1月31日（月）

私が欲しいチェーンソーはSTIHL社のガーデンカッターというので、それは通販では買えず、販売店での購入になるそう。アフターケアを考えるとその方が安心でいいかもね。調べたら、隣の小林市（こばやし）に取り扱っているところがあったので、朝一ですぐに電話して今日の午後、見に行きますと伝える。ヤッター。すぐに手に入るとは思わなかった。

気がせいたので午前中に家を出る。ホームセンターで剪定道具をいくつか買ってから、お昼ごろ、迷いながら着いた。郊外の簡素な建物だった。中に入ろうとすると外の作業場に作業着を着た若い男の子がいて、近づいてきた。さっき電話した者ですと告げる。

建物の中には誰もいなくてチェーンソーなどの工具類だけがずらりと並んでいる。すぐに箱を出して来てくれた。他になにか…と興奮している私はうれしく聞いたが、男の子は落ち着いていた。私はじっとしていられずに替えのバッテリーと作業用の手袋をバタバタと追加する。

こんなにあっさり買えるなんて。立って見送っていてくれた男の子に車の中から会釈して表の道に出る。

このへんから見る霧島連山は初めてだとさっき思ったので、近くの見晴らしのよさそうな小道に入って写真を撮る。

それから高原町(たかはるちょう)の庭の先輩のところに行って、途中で買ってきたあんバターパンを3個立て続けに食べながら、ひとしきりさっきのチェーンソーの話と庭の話。

帰り。ここから見える霧島連山を写真におさめる。360度、あらゆる場所から見

高千穂峰
こんな
かんじゅ…
高原町からもパチリ

えるこの山々の形を知りたい。

今まではどこに住んでいても通りすがりの旅人のような感覚があって、その場所に本当にはなじまなかったけど、ひとつの場所に住むことに決めたら外の世界の見え方が変わった。数年単位の計画を立てられるし、人と知り合っても「いつかさよならだ」と思わなくて済む。物とも人とも、じっくり、ゆっくり、関係をはぐくめる。

そう思うと、何も急ぐ必要はないんだなと、かえって解放された気分だ。

あとがき

こんにちは。

「優雅さ」と「ミステリー」というのが、今回ふり返って最も強く心に残ったものだったのでタイトルにしました。ミステリーについては詳しく書きましたが、優雅さについて・12月15日の歯医者で口を大きく開けて治療を受けていた時、そのあまりにも身動きできないみっともない状況を感じた私は、

とり続け

いつか見た
ライオンのような
風の中の
カッコイイ
おばあさん

今後、将来、人として、どんどん、いや、だんだん、こんなふうに、体が動かせなくなったり、人からなすがままにされたりすることがふえていくのだろう、その時に、支えになるのは人間の持つ品、品格、優雅さ、ではないだろうか。どんなに外見が老いて、老いさらばえていっても、ゆったりとした動きや落ち着いたものごしで、スッ……とした印象を持つ人でありたい。そう、先々のことを考えたのでした。

今の私には、まだあまりないけど、これから、より優雅なニュアンスをとり入れたい。そう考えています。

2022年3月、銀色夏生

優雅さとミステリー

つれづれノート㊶

銀色夏生

令和4年 4月25日　初版発行

発行者●堀内大示

発行●株式会社KADOKAWA
〒102-8177　東京都千代田区富士見2-13-3
電話　0570-002-301（ナビダイヤル）

角川文庫 23142

印刷所●株式会社暁印刷
製本所●本間製本株式会社

表紙画●和田三造

●お問い合わせ
https://www.kadokawa.co.jp/（「お問い合わせ」へお進みください）
※内容によっては、お答えできない場合があります。
※サポートは日本国内のみとさせていただきます。
※Japanese text only

ISBN 978-4-04-111783-5　C0195

◇◇◇

角川文庫発刊に際して

角川源義

第二次世界大戦の敗北は、軍事力の敗北であった以上に、私たちの若い文化力の敗退であった。私たちの文化が戦争に対して如何に無力であり、単なるあだ花に過ぎなかったかを、私たちは身を以て体験し痛感した。西洋近代文化の摂取にとって、明治以後八十年の歳月は決して短かすぎたとは言えない。にもかかわらず、近代文化の伝統を確立し、自由な批判と柔軟な良識に富む文化層として自らを形成することに私たちは失敗して来た。そしてこれは、各層への文化の普及滲透を任務とする出版人の責任でもあった。

一九四五年以来、私たちは再び振出しに戻り、第一歩から踏み出すことを余儀なくされた。これは大きな不幸ではあるが、反面、これまでの混沌・未熟・歪曲の中にあった我が国の文化に秩序と確たる基礎を齎らすためには絶好の機会でもある。角川書店は、このような祖国の文化的危機にあたり、微力をも顧みず再建の礎石たるべき抱負と決意とをもって出発したが、ここに創立以来の念願を果すべく角川文庫を発刊する。これまで刊行されたあらゆる全集叢書文庫類の長所と短所とを検討し、古今東西の不朽の典籍を、良心的編集のもとに、廉価に、そして書架にふさわしい美本として、多くのひとびとに提供しようとする。しかし私たちは徒らに百科全書的な知識のジレッタントを作ることを目的とせず、あくまで祖国の文化に秩序と再建への道を示し、この文庫を角川書店の栄ある事業として、今後永久に継続発展せしめ、学芸と教養との殿堂として大成せんことを期したい。多くの読書子の愛情ある忠言と支持とによって、この希望と抱負とを完遂せしめられんことを願う。

一九四九年五月三日

自選詩集　僕が守る

女子高校生に向けた自選詩集を
作りたいと思いました。
時は流れ、過ぎて行ってしまうけど、
あの時感じた思いは、
そのまま、そこにある。
忘れても、そこにある。

ISBN978-4-04-167381-2

角川文庫　銀色夏生の作品

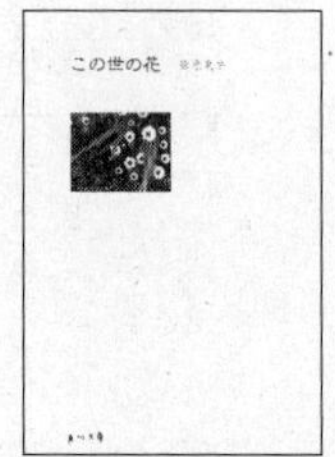

ISBN978-4-04-101173-7

この世の花

花と、花のようなものが、
世界を彩る。
どれも命の証し。
命の輝きを見ることで、
救われることがある。
花の写真集。

角川文庫　銀色夏生の作品